ケアを描く

育児と介護の現代小説

佐々木亜紀子
光石亜由美［編］
米村みゆき

七月社

［カバー図版］アッター湖畔のヴァイセンバッハの森番の家（グスタフ・クリムト、一九一二年）
［扉図版］洗濯物の掛かった家（エゴン・シーレ、一九一七年）

ケアを描く

育児と介護の現代小説

＊目次

はじめに

〈ケア小説〉から見えてくるもの

佐々木亜紀子・光石亜由美

一　ケアとは何か？

この論集は〈ケアをする／ケアを受ける〉人間関係を描いた小説を論じている。

一九八〇年代の終わりからフェミニズムの政治理論を源流として、社会的正義としてのケアの重要性に注目が集まり、近年、ケアをめぐる議論はさまざまな展開を見せている。たとえば、エヴァ・フェダー・キテイ『愛の労働あるいは依存とケアの正義論』（白澤社、二〇一〇）、上野千鶴子『ケアの社会学――当事者主権の福祉社会へ』（太田出版、二〇一一）、岡野八代『フェミニズムの政治学――ケアの倫理をグローバル社会へ』（みすず書房、二〇一二）などでは、ケアの論理が様々な角度から論じられている。

これらの研究を参考にしながら、この論集のキーワードである〈ケア〉とは何かを、まず定義しておこう。

ケア＝careとは「他人の世話」をすることであるが、ケアが意味する領域は幅広い。介護、看護、介助、そして、育児など、ケアの対象は家族、子どもの場合もあれば、他人の場合もある。また、無償のケアもあれば、介護事業や病院の看護のように有償のケアもある。また、ケアには労働の側面に当たる「世話をすること（caring）」と感情の側面に当たる「気遣うこと（caring about）」がある。[*1]

ここではひとまず、ケアとは有償無償を問わず、身体的にあるいは精神的に「脆弱な状態にある他者」[*2]を世話すること、と定義しておこう。

ケアは家族や共同体を維持する上で不可欠な概念であるが、以後詳しくみてゆくように再生産労働であるので、正当に評価されてこなかった。そして、これらのケア労働は主に女性が担ってきた。たとえば、近代のジェンダー秩序において、産む性であり、母親である女性は、「元来、ケアをする能力がある」という本質主義的な理由によって、育児というケアの役割を割り当てられてきた。ケア論は、こうした既存のジェンダー秩序、その秩序を支えているジェンダー本質主義的な解釈に異議申し立てをするだけではなく、近代社会のジェンダー秩序を支えている公的領域、私的領域の分断からなるジェンダー秩序の基盤や、何者にも依存しない自立（自律）した主体を標準化することで成立する公的領域を批判的にとらえなおしてゆく。そして、〈ケアをする／ケアを受ける〉関係性から、他者との新たなつながりを見出してゆく。

まず、ケア論が射程に入れるのは、公的領域と私的領域に二分される近代の空間である。近代は人々の空間を公的領域と私的領域に二分したといわれる。そして、公的領域である「社会」は、人々は平等でかつ自由であるというリベラリズム論に貫かれ、そこでは自立（自律）した個人が求められる。そのために公的領域では他者に依存しない主体が標準化され、こうした標準化の基準からすると依存する存在と見なされる女性や子ども、高齢者や障がい者などは私的領域へと排除される。公的領域における主体が自立（自律）した個人であると規定されると、依存する人は公的領域では不可視化され、依存する人のケアをする存在も私的領域へと追いやられるのだ。

先に紹介した岡野が述べるように、「他者に依存しなければ生きていけない存在であるという意味と、依存する側に対してケアを与える存在であるという両方の意味において、歴史的に女性たちは依存する存在」と見なされてきた。ゆえに、「その政治的な存在価値は貶められ、女性たちは政治的主体としてみなされてこなかった」のである。[*3]

同じように、他者に依存しなければ生きてゆけない子ども、高齢者、障がい者も公的領域から排除され、私的領域に囲い込まれる存在となる。また、異性愛主義で構築される公的領域からは、ゲイ、レズビアン、トランスジェンダーなどのセクシュアルマイノリティも排除される。さらに、男性であっても、家事や育児や介護をする男性は、「女性化した男性」とみなされ、公的領域には入りづらい。これが、男性のケアへの参入を困難にする理由となっている。

育児、介護、看護、介助などの労働は、私的領域でも公的領域でも女性に担わされることが多い。これらの労働が女性化された労働とみなされるのは、その背景に、女性は母性的存在であるというジェンダーの本質主義がある。家庭内において女性に担わされる育児、家事、介護は、賃金が払われないアンペイドワークであり、この延長線上にあるケア労働は正当に評価されない。ゆえに保育、介護労働の現場は重労働であるにもかかわらず、低賃金という傾向が続いてきた。

また、育児や介護などのケアが私的領域に囲い込まれると、育児ノイローゼによる育児放棄、介護の現場における暴力など、乳幼児や高齢者などさらなる弱者への暴力にもつながりかねない。

そこで、ケア論では、公的空間における自立した個人を唯一の主体とみなす考え方を根本から組み替える。そもそも人間とは「他者に依存しなければ生きていけない存在」であるというところから出発する。乳幼児が誰かに依存しなければ生きてゆけないように、大人になっても病気になったり、高齢になって体が動かなくなったりすれば、誰かに依存しなければ生きてゆけない。つまり、誰かに依存するのは、人として生きてゆく上で避けられないことである。ゆえに、子育てや看取りの場面において、他者への共感や配慮は欠かせない。

このように、ケア論では、自立した主体から傷つきやすい主体へ——主体の在り方そのものを捉え直す。また人々のつながりを共感や配慮に見出す。ケア論は男性中心の近代社会のアンチテーゼになるだけではなく、新しい社会を生み出す原動力となる理論である。

こうした近年のケアをめぐる議論を受けて、〈ケア小説〉という新しい概念を作る目論見が本書にはある。〈ケアをする／ケアを受ける〉人間関係を描いた小説を〈ケア小説〉と概念化して、それを論じることによって何が見えてくるのか、ということを次に考えてゆきたい。

二　〈ケア小説〉とは何か？

前述したようにケアは、育児、介護、看護、介助など幅広い意味を指しているが、本書では特に乳幼児、障がい者、高齢者を対象としたケアに焦点をあてる。

まず、本書で〈ケア小説〉と呼ぶ小説群の範囲・特徴は以下の三つである。

第一に、本書で取り上げる〈ケア小説〉は、ケアをする人やケアを受ける人を描く現代小説である。具体的には乳幼児や高齢者、障がいを持つ人のケアをめぐる小説である。詳しくは後述するが、自立した個人をテーマにしたのが近代小説であるとしたら、ここで扱う現代小説は、そうした自立から疎外された、ケアをする人やケアを受ける人を扱っている。

第二に、〈ケア小説〉の多くは、家族・家庭という私的領域を舞台としている。しかし、岡野が指摘するように、私的領域は公的領域の外側に位置づけられながらも、国家という公の管理下にある。[*4] ゆえに〈ケア小説〉を論ずることは、私的領域を管理している公を論ずることに通じる。そして、人は一時であれ必ず一生のうちで依存状態を経験する。人間はケアをする人の存在があって育ち、ケアを受けながら死んでゆく点では、〈ケア小説〉とは普遍的なテーマをもつ小説であるともいえるだろう。

第三に、〈ケア小説〉の特徴としては、女性の書き手が多いことである。なぜなら、やはり現在でも、介護、育児といったケアは女性のものとされ、いまだに不可視化されたアンペイドワークだからである。このように、ケアが女性ジェンダー化されているゆえに、〈ケア小説〉は現代女性作家たちが多く描くところとなった。

もちろん、男性作家が描いた〈ケア小説〉もある。いくつかはコラムで言及しているが、本論で扱った小説がほとんど女性作家のものになったのは、ケアを担ってきたのは、ほとんどが女性であるという現実が、〈ケア小説〉の数のうえにも反映しているからであろう。

本書はケア論を踏まえた上で、第Ⅰ部では育児、第Ⅱ部では介護に焦点を当てる。前述したように新しいケアの考え方は、従来の公的領域、政治的領域を批判的にとらえなおすことになる。たとえば、私的領域で女性に担わされた育児、介護を描いた小説を読むことで、男性中心主義、家族中心主義の公的領域が相対化されるであろう。外国人の視点から結婚、出産、介護を描いた小説を読むことで、日本という国の境界線が相対化されるであろう。障がい者の恋愛、結婚を描いた小説を読むことで、健常者中心に作られた社会制度が相対化されるであろう。セクシュアルマイノリティーの結婚や育児を描いた小説を読むことで、異性愛中心の社会が相対化されるであろう。しかし、こうした批判的な読み方だけではなく、他者への依存や共感を根本に据えた〈ケア〉というキーワードを通じて、人間関係の多様性や新しい関係性の創出も、〈ケア小説〉の読解から見えてくるのではないか。また、女性、高齢者、外国人、障がい者などのケアをめぐる小説群は、多様な価値観を共有するダイバーシティの社会を構想する発想力を与えてくれる。

このように、〈ケア小説〉を論じることは、他者への共感に基づいた新しい人間関係、多様な価値観を共有する社会を小説読解のなかに発見する、ラディカルな行為であるといえるだろう。

三　〈ケア小説〉概観

この論集は、第Ⅰ部「育児をめぐる〈ケア小説〉――〈母〉と〈父〉の多様性」、第Ⅱ部「介護をめぐる〈ケア小説〉——高齢者・障がい者・外国人」という構成である。以下、それぞれの部について、各論文では触れられなかった作品にも言及しつつ、ケアの描かれ方を、日本の近代小説と現代小説を比較して概観してみたい。

育児をめぐる〈ケア小説〉

日本のいわゆる近代小説で、家庭、とりわけ子どものいる家庭はどう描かれただろうか。森鷗外が一九〇九年に文壇復帰したのは、口語体小説「半日」によってであった。これは主人公が母と妻、娘と営む小さな家庭という場でのわずか半日の時間を描いた作品である。一方、夏目漱石が完成させた最後の小説は『道草』（一九一五）である。そこには主人公健三が自宅で妻である御住《おすみ》の出産に立ち会い、生まれた「柔かい塊」に対峙する場面が書き込まれている。山崎正和はこの二作を「「私」と「公」の乖離」と題した論で、「家庭小説」と定義した。[*5]

ほかには、志賀直哉も「和解」（一九一七）で、長女の死や、妻の懐妊と出産を作品化し、有島武郎や島崎藤村は妻を早くに亡くし、子どもを「男の手一つでどうにか斯うにか」（藤村「伸び支度」一九二五）育てたことを描いている。

このように鷗外、漱石という明治の文豪が、小説家としての大切な節目に、子どものいる家庭のなかの夫を描き、大正期にも志賀や有島などの代表的小説家が子どもや家庭をテーマに据えたことは注目してよいだろう。これらの小説からは、夫にとっての家庭や子どもがいかなるものかが問いかけられ、稼ぎ手としての役割を担う男たちの「呻き」[*6]が聞こえてくる。

他方、女性としてケアそのものを描いた小説家に、漱石の弟子といわれる野上彌生子がいる。彌生子は明治末期（一九一〇）から大正期半ば（一九一九）までに、育児に関わる小説など、いわゆる〈育児もの〉を発表した。作品は出産や育児を女性のみがなし得る「意義の深い仕事」（「新しき命」一九一四）であるとし、あくまで聖なる偉業と方向づけられている。[*7]今や神話といわれる母性への信仰がむしろ新しい思想としてとらえられた時代における、親密な小家族が営むスウィート・ホームのイメージに彩られた作品群であった。これはキリスト教の牧師でもあった木村熊二が設立した明治女学校で、『女学雑誌』を主宰した巌本善治の教育を受けた彌生子らしい感性の発現であるといえる。彌生子が高らかに寿ぐ〈育児する母〉は、西洋的思想を摂取した近代の産物でもあった。

その後、〈育児する母〉は、良妻賢母イデオロギーと連動して、女子教育を通じて浸透し、昭和の戦中戦後も長く女性のライフコースのなかに組み込まれた。詳しく触れる紙幅はないが、特に女性小説家によって、さまざまな表現で育児を描く小説は展開してきた。

そして現代小説においては、公から切り離され、私事化した家庭のあり方や、明治大正期には問われることのなかった性別役割分業や母性神話が、疑義をともなって提示されている。

桐野夏生の『ハピネス』（二〇一三）、角田光代の『森に眠る魚』（二〇〇八）では、いわゆる「ママ友」たちの人間関係が軋轢として描かれている。「ママ友」との関係がときに「ママ友カースト」となるのは、本来ケアの場であるはずの育児現場が、「ママ」たちの自己実現の場へとすり替わるからでもあろう。反対に、辻村深月「君本家の誘拐」(『鍵のない夢を見る』二〇一二)では、「ママ友」すらないままに、乳児を抱えて孤立している母親が登場し、その日常の閉塞感が引き起こすある事件を描いている。

また、金原ひとみ『マザーズ』(二〇一一)は、薬物中毒や婚外妊娠、子どもへの虐待など、ケアの重荷に耐え兼ねた母たちの闇を抉《えぐ》り出している。「結婚も子どもも、全部望んでしたことだったのに、全然幸せじゃない」という登場人物のことばは、結婚と育児だけで充足していた女性のライフコースが、もはや無効になっていることを露呈させている。母性神話の崩壊も関わり、固定化されていた性別役割分業が溶解しはじめ、結婚・出産・育児の一つ一つが女性の選択の結果とみなされるのだ。そのため、子どもの成長に自己責任が投影され、欲望が増幅して達成感が得にくいという側面もあろう。それらがケアを受ける子どもの側には重荷となって、いわゆる「毒親」とされる親の出現の背景ともなっている。

同じく金原の『持たざる者』(二〇一五)には、震災後の混乱のなかで目の前の子どものケアに右往左往する母が登場する。実際のケアをすることなく、育児方法や育児環境についての意見や指示をするだけの父の存在が、閉鎖的な家庭のなかでケアをする母を追い詰める様態が、両作には共通している。ここには夫の経済的支配下にある妻が、ケアをめぐっても支配される状況が明かされている。

先のキテイのことばを借りれば、「依存労働者」（依存が不可避な存在を支える労働をする人。主に母である女性）は、「足に重りがついたまま」、生産の競争に参加しなければならず、必然的に経済的依存、あるいは精神的・政治的・社会的依存という弱体化にさらされ、「二次的依存」「派生的依存」を引き起こすという。言い換えれば、「依存労働者」は、支配や搾取にさらされ易いのである。

小川洋子『博士の愛した数式』（二〇〇三）の主人公のように、自立せざるを得ないシングルマザーの場合は、最初から不利な条件にあるため、貧困や孤立に陥っている。角田光代『八日目の蟬』（二〇〇七）の主人公は、不倫関係にあった男の女児を誘拐して育てる。逃亡しながら一人で乳児を育てるのは困難を極める。しかし、ケアなしでは生きていくことが困難な子ども、すなわち依存が不可避な存在を前に、彼女たちがケア役割から身を引くことはない。

もちろん、ケアの役割は女性に固定されるものではなく、小説においても担い手は多様である。川端裕人『ふにゅう』（二〇〇四）は父を中心にした育児が描かれており、多和田葉子の「献灯使」（『献灯使』二〇一四）は祖父が孫のケアを、堀江敏幸の『なずな』（二〇一一）では育児経験のない叔父が乳児のケアを担っている。さらに、田亀源五郎の漫画『弟の夫』（二〇一五）では、娘と二人で暮らす父が、亡くなった弟の夫であるカナダ人のマイクに出会い、家族的関わりのなかで性別や国籍を超えた関係性を築いている。

シングルマザー小説を含め、これらの小説は、ケアを閉塞的な私的領域や固定的ジェンダー秩序から解き放つ視点を与えてくれるといえよう。そして父が外で働き母が家事と育児を担うという規範から脱するゆえに、育児をケアとして新しくとらえ直す〈ケア小説〉となり得ているのである。

ほかに、是枝裕和の映画『そして父になる』（二〇一三）では、病院で息子が取り違えられていたことを知った主人公が、父子関係を見つめなおし、「父になる」道程が描かれ、三浦しをん『まほろ駅前多田便利軒』（二〇〇六）でも、血縁をめぐる親子関係の話題が取りあげられている。角田光代『ひそやかな花園』（二〇一〇）や海堂尊『マドンナ・ヴェルデ』（二〇一〇）では、人工授精や代理出産など生殖医療の進展に伴う現代ならではの課題として、血縁や親子関係を小説化している。

そして辻村深月『朝が来る』（二〇一五）は、特別養子縁組で息子を得て育てる母のもとへ、息子の生みの母が訪れるという物語である。一方は不妊治療の末に特別養子縁組という選択をして母になった佐都子。もう一方は、「妊娠できる準備が体の中に」なかった幼い中学生であったのに、「彼氏」との「付き合い」で妊娠し、図らずも「小さなお母さん」になったひかり。二人の女性を中心に、佐都子の不妊治療の行程や育児の日々と、「窃盗と横領の容疑」に至るひかりの転落が、交差していく物語である。

また、舞台は日本ではないものの、外国人労働とケア労働に関しては、岩城けい『さようなら、オレンジ』（二〇一三）に扱われている。アフリカからオーストラリアへ逃れてきた難民の女性が、育児をしながらスーパーマーケットで働きつつことばを学んでゆく物語である。日本人女性のもうひとつの物語と交錯して語られることで、国籍、人種、言語、性別、階級、学歴など幾重もの差異が重層化した世界になっている。のちに介護をめぐる〈ケア小説〉として言及する楊逸の小説の育児版として併せて読むことが望まれる。

介護をめぐる〈ケア小説〉

日本の小説として最初に高齢者介護の問題を世に知らしめたのは、有吉佐和子『恍惚の人』(一九七二)である。だがもちろん、それ以前の近代小説においても高齢者の介護が描かれることはあった。たとえば志賀直哉「老人」(一九一一)、芥川龍之介「玄鶴山房」(一九二七)などには、「妾」が看取り役としてケアに参加している。また谷崎潤一郎『瘋癲老人日記』(一九六二)では、「女中」「看護婦」以外に「嫁」が舅の性的嗜好を満たす役割を担っている。

これらが描かれた時代は、看取りとはいえ、現代でいう認知症介護などを想定したものではなく、「介護」という概念すらなかった。小説のなかでは、経済力と家父長制度によって、男性だけが特権的に介護を受け、女性は「妾」「女中」「嫁」などの立場で、もっぱらケアの担い手として登場している。

戦後の日本は、医療技術の進歩と栄養状態の改善などによって長寿国となったが、それはケアの需要増加をも伴う現象であった。こうした時代のなかで、介護をする女性に光をあてたのが、先にあげた『恍惚の人』である。この小説は高齢社会の到来を広く知らしめただけではない。現にありながら不可視化されている現状、すなわち高齢者介護は家庭という不可視の私的領域で「主婦」が担っているという現状を、前景化したのである。

『恍惚の人』はいわゆる「主婦論争」[*8]を背景に、主人公昭子が介護役割を引き受ける様を浮き彫りにする。「職業婦人」でありながら「主婦」である昭子は、いかに過重な介護負担があろうとも、企業人の夫の仕事を優先し、受験生の息子の勉学に配慮して家事をする。よき妻であり、よき母であるばかりでなく、認知症の舅の介護を一手に引き受けるよき「嫁」なのである。昭子自身が性別分業に疑いを抱かず、家事は女がすべきだという「主婦」規範を内面化した女性であったことがその根幹にあるのだ。[*9]

こうした私的領域での家事を「主婦」という女性が担うというジェンダー秩序は問題視されて久しいが、解消されたわけではない。それを家事「労働」として有償化するという発想を描いたのが、海野つなみの漫画『逃げるは恥だが役に立つ』（二〇一二～二〇一七、ＴＢＳドラマ化・二〇一六）である。

また耕治人「そうかもしれない」（『そうかもしれない』一九八八）では、高齢男性が認知症になった妻を介護して孤立している様子が私小説的筆致で切々と描かれている。子どももなく、地縁も血縁もなく経済的に逼迫した高齢の夫の姿からは、性別役割や家族に支えられる安定した老後という従来の見取り図が機能しなくなったことが明らかになってくる。そして夫である「私」はケアを通して、食事の準備、金銭の管理、衣類の買い置き、洗濯といった細々した家事の重さに初めて気づきつつも、妻の介護を家庭内という私的領域にとどめようと必死になっている。

高齢化と少子化が進み、核家族が増加した現代においては、『恍惚の人』の昭子のような「嫁」による高齢者介護は次第に減りつつある。そのなかで注目されるのは、娘による介護である。東野圭吾は『赤い指』(二〇〇六)で、息子夫婦と同居する母のもとへ介護に通う娘を登場させているが、親たちに介護者として期待される娘を顕著な形で作品化したのが篠田節子『長女たち』(二〇一四)である。また水村美苗『母の遺産——新聞小説』(二〇一二)の姉妹は、母を病院や介護施設へ見舞いながら自らの孤独な老いに向き合い、祖母までの女の歴史を、新聞小説である尾崎紅葉の『金色夜叉』とともに遡行していく。*10

もちろん息子の介護もあるだろう。平山亮によれば、「結婚している息子が親の主介護者となる息子介護、特に、既婚で別居の息子介護者は、今後息子介護のトレンドになると考えられる」*11という。具体的な介護行為はしていないものの、村上春樹『1Q84』(二〇〇九~二〇一〇)の主人公天吾は、遠い施設に自ら入所した父を訪ねて最後の和解の糸口を探る。また先にあげた『まほろ駅前多田便利軒』では、便利屋の主人公が、偽の息子となって認知症の母親を介護施設に見舞う仕事を請け負う。息子による介護の時代の到来を皮肉に映し出している。

息子ではないが、男性である孫が介護する小説もある。モブ・ノリオ『介護入門』(二〇〇四)では、主人公の「パンク野郎」が母とともに祖母の介護をしており、芥川賞を受賞して話題になった。同じく芥川賞を受賞した羽田圭介『スクラップ・アンド・ビルド』(二〇一五)にも、祖父の介護をする孫息子がコミカルに登場している。

介護現場の人手不足という問題は、介護従事者を海外から受け入れる政策などが模索され、グローバルな様相を呈しているが、楊逸「ワンちゃん」（『ワンちゃん』二〇〇八）は、「嫁」という立場で高齢者介護を託される中国人が主人公である。作品では国家間の経済格差を背景に、主人公が女性としてだけではなく、外国人として搾取されるさまが描かれている。ケアをすることが搾取につながるということを可視化しているとともに、〈ケア小説〉の分析がジェンダーの不均衡だけではなく、周縁化された立場の人々をめぐる分析に拡大可能であることが示されているといえよう。

障がい者、障がい児のケアを描いた小説も登場している。田辺聖子はノーマライゼーションの理念が知られるようになる前に、「ジョゼと虎と魚たち」（『ジョゼと虎と魚たち』一九八五）で、障がいを持つ女性の恋愛を描いた。近年では鹿島田真希「冥土めぐり」（『冥土めぐり』二〇一二）が障がい者のケアを描いている。この小説では、結婚後にハンディをもつことになった夫のケアを通して、主人公が周囲との関係を見つめ直してゆく。また小川洋子『ことり』（二〇一二）の主人公は、「ポーポー語」しか話さない兄と二人だけの静謐な世界に生きる。主人公である弟は、両親亡きあと、ケアを必要とする兄との生活を迷うことなく引き受け、かけがえのない存在として親密な関わりを大切に営んでいる。また先にあげた多和田葉子の「献灯使」では、近未来の日本の子どもが、特殊な虚弱さをもって描かれている。これらの作品は、障がいとされる様態を一つの個性、あるいは特殊性として読みかえる契機をもっている。

以上のように、〈ケア小説〉は人が依存しあう存在であることを可視化し、そのケアの役割が女性ジェンダー化し私事化されていることを露呈させている。それらは近代文学ではなく、現代小説で中心化されたテーマといってよいだろう。依存を含みこむ関係性の構築という理念の可能性や倫理性を検討する契機を現代小説に探りたい。

四　本書所収の論文

本書は二部構成になっており、第Ⅰ部第一章から第四章は育児をめぐる〈ケア小説〉、第Ⅱ部第五章から第七章は介護をめぐる〈ケア小説〉を論じている。

第Ⅰ部、第一章・光石亜由美「〈母親になろう〉とする母子たちの物語――角田光代『八日目の蟬』」では、嬰児誘拐事件をモチーフにした角田光代『八日目の蟬』を、〈母親になる〉ことをめぐる女性たちの葛藤を描いた人間ドラマとして読んでゆく。母親になりたかったが母親になれなかった誘拐犯の希和子と、生みの親でありながら母親になれなかった実母の恵津子という二人の母親を、誘拐された娘である恵理菜がいかに承認し、自ら〈母親になる〉ことを選択するのか。この問いかけを軸に、〈母親になる〉ことの困難と希望、そして新しい〈育児ケア〉の可能性を考える。

第二章・米村みゆき「ケア小説としての可能性――三浦しをん『まほろ駅前多田便利軒』」は、『まほろ駅前多田便利軒』が、ケアについての小説ではないかという問いから出発する。そして文化的差異や階層差など様々な背景をもつ親子を頻出させていることを指摘し、そのケアのバリエーションについて、生態学的（ecological）な視点から、登場人物たちとその置かれた環境との相互関係を考察する。また舞台である「郊外」に着目し、郊外の居住が「偶有的」な事態であるように、この小説もまた、〈便利屋〉という仕事を媒介に、「偶然」の人間関係のプライベートな領域に個別に関わってゆく物語、すなわち人と人とが深く繋がってゆく物語を紡いでいると解釈している。

第三章・古川裕佳「弱さと幼さと未熟さと――辻村深月「君本家の誘拐」『冷たい校舎の時は止まる』」は、辻村深月の「君本家の誘拐」と『冷たい校舎の時は止まる』を取り上げ、登場人物の未熟さに着目しながら、子どもたちの世界と関係性のあり方、あるいはそこに関わる未熟なケアラーについて論じている。前者は乳児を抱えた母である主人公の日常の閉塞感を、サイコサスペンス的に描いた短編であるが、そこに未熟なケアラーの姿を読み取る。後者は子どもを主人公としたファンタジーとSF的な要素をもつ長編である。この作品で、不思議な状況に陥った子どもたちの戦いを支えるのは、教員や指導員、親戚など、家族の境界にいる未熟なケアラーである中間的存在だ。二作を例に、辻村作品における血縁家族・核家族の境界に位置する存在について考察している。

第四章・佐々木亜紀子「家政婦が語るシングルマザー物語――小川洋子『博士の愛した数式』」は、小川洋子『博士の愛した数式』の主人公「私」の作為的な語りに注目し、それが家政婦という職業に関わる〈鈍感な装い〉であり、雇い主の人生に忠誠心をもって踏み込むために選ばれた装いであると積極的に評価している。そのうえでこの物語のもう一つの側面、すなわち、若年で非婚のまま出産し、孤立無援で数学の教師にまで息子を育てあげたシングルマザーとしての「私」の成長物語という側面を指摘する。そして、それは息子と「私」の人生に博士の功績を絡ませるよう方向づけられた「現実の物語化」であり、苛酷な情況を乗り越えるために、現実を変形させた物語であると論じた。

第Ⅱ部、第五章・尹芷汐「ケアと結婚と国際見合い――楊逸「ワンちゃん」『金魚生活』」は、楊逸の小説をとりあげる。二作はともに、日本の在留資格獲得を目的とする中国人女性と、ケアをする要員として妻を求める日本人男性との見合い結婚を描いている。「ワンちゃん」では、主人公のワンちゃんが日本人男性と見合い結婚をし、障がいを持つ義兄と高齢の姑のケアをこなしながらも、その家庭から自立するために、自ら「国際結婚仲介業」を展開する物語である。『金魚生活』は、主人公の女性が日本で働く娘の出産や育児を手伝うために、日本人と見合い結婚をして長期滞在のビザを取得するよう勧められる話である。グローバルな「ケアの連鎖」に巻き込まれながらも、対照的な生き方を選ぶ二人の女性像を比較して考察している。

第六章・磯村美保子「ディストピアの暗闇を照らす子ども――多和田葉子「献灯使」」では、ケアという観点から「献灯使」を分析している。全ての子どもが障がいを持つというディストピア世界が「献灯使」には描かれ、そこでは「大災厄」後の放射能汚染によって不死となった「老人」が、弱く生まれた子どものケアをする。ケアを受けることは当然のこととなり、目標となる理想の身体が存在しなくなった世界では、リハビリも自立も強要されない。異形の身体を得た子どもに合わせて社会が変わるのだ。孫の無名《むめい》が、「献灯使」として自分なりの方法で国境を越えることによって、弱いだけの存在から脱し、ディストピアがユートピアに反転することを論じた。

第七章・飯田祐子「新しい幸福を発見する――鹿島田真希『冥土めぐり』」は、『冥土めぐり』を、「聖なる愚者」の物語とする従来の読みではなく、障がい者とケアをする者という問題に焦点化して読み直している。障がい者となった夫と「小旅行」をすることを通じて、主人公奈津子に変化がもたらされる。それは、母の抱く過去の幻想と訣別し、夫の障がいを否定的に捉えることから解放されるという変化である。障がいのある人と暮らすことで見出される幸福、依存の意義、関係の親密性など様々な示唆をこの作品が与えることを明らかにしている。

またコラムでは、ケアに関わる「ママ友」「イクメン」の話題のほか、子どもや「自閉症」児といったケアを受ける側の表象の問題、あるいは「精神病者」のアートの紹介、東日本大震災関連小説、障がい者の恋愛と性をめぐるノーマライゼーション、家事労働の有償化等のテーマを、小説、映画、漫画などを例に論じて各論を補強している。コラムには論文執筆者以外に、崔正美、山口比砂が執筆に加わっている。

＊「はじめに」の第一・二節は光石亜由美が、第三・四節は佐々木亜紀子が執筆を担当した。
＊第三節では基本的に、長編については単行本刊行年を、短・中編については、収録単行本とその刊行年を示した。
＊本書では、作品の文脈や特徴を活かすために、現在では差別語にあたる用語をそのまま残した箇所がある。

しかし各執筆者は、差別を温存・助長すべきではないという立場であることをご理解いただきたい。

1——平山亮『介護する息子たち——男性性の死角とケアのジェンダー分析』（勁草書房、二〇一七）。

2——エヴァ・フェダー・キテイ『愛の労働あるいは依存とケアの正義論』（岡野八代・牟田和恵監訳、白澤社、二〇一〇）。

3——岡野八代『フェミニズムの政治学——ケアの倫理をグローバル社会へ』（みすず書房、二〇一二）。

4——注3に同じ。

5——山崎正和『不機嫌の時代』（講談社学術文庫、一九八六）。

6——飯田祐子「夫／稼ぎ手の呻き——『野分』と『道草』の男性性」（フェリス女学院大学日本文学国際会議実行委員会編『生誕150年　世界文学としての夏目漱石』岩波書店、二〇一七）。

7——佐々木亜紀子「野上彌生子の〈育児もの〉——〈新中間層〉と〈大正期教養主義〉のはざまで」（『愛知淑徳大学国語国文』第三八号、二〇一五・三）参照。

8——上野千鶴子編『主婦論争を読む——全記録』（勁草書房、一九八二）参照。

9——米村みゆき「高齢社会の「解釈」を変える——有吉佐和子の『恍惚の人』と〈現実〉の演出」（『〈介護小説〉の風景——高齢社会と文学［増補版］』森話社、二〇一五）。

10——米村みゆき・佐々木亜紀子「増補版　序——〈介護小説〉というものさし」（注9）参照。

11——平山亮『迫りくる「息子介護」の時代——28人の現場から』（光文社新書、二〇一四）。

第1章

〈母親になろう〉とする母子たちの物語

角田光代『八日目の蝉』

光石亜由美

角田光代（かくた・みつよ／一九六七〜）
神奈川県出身。早稲田大学卒業。一九九〇年『幸福な遊戯』で海燕新人文学賞を受賞しデビュー。一九九六年『まどろむ夜のＵＦＯ』で野間文芸新人賞、二〇〇三年『空中庭園』で婦人公論文芸賞、二〇〇五年『対岸の彼女』で直木賞、二〇〇七年『八日目の蟬』で中央公論文芸賞、二〇一二年『紙の月』で柴田錬三郎賞を受賞。そのほか、『ドラママチ』『森に眠る魚』『坂の途中の家』など代表作多数。

はじめに

角田光代は、家族、夫婦、親子という身近なテーマを描きながら、従来の家族観、夫婦観、親子観を問い直す作品を多数読者のもとに届けている。特に、女同士の関係を軸に物語を構成することが多い。例えば、『対岸の彼女』（文藝春秋、二〇〇四）は、主婦と労働と女性同士の友情というテーマを描いた作品である。専業主婦である小夜子は、清掃会社を経営する葵のもとで働きだす。しかし、小夜子の就労に否定的な夫や義母から無理解な言動を受けたり、娘を預ける保育園がなかなか見つからなかったりなど、子どもを育てながら働くことの困難に直面する。こうした子どもを持つ女性が働くことを困難にさせる社会的要因（女性の労働からの疎外）を背景に、小夜子という女性が働くことに意味を見つけ出すまでを描きながら、独身女性社長と主婦という異なる立場、境遇に置かれた「対岸」の女性たちが、労働でつながってゆく女性間のエンパワーメントの物語である。しかし、女同士の関係は『対岸の彼女』のようにうまくゆくとは限らない。「お受験殺人」とも言われた文京区幼女殺人事件をモデルに描いた『森に眠る魚』（双葉社、二〇〇八）では仲の良かった母親たちが、子どもの受験をめぐって対立しあい、最後には幼女殺人にまで発展するというおぞましい女性間の関係を描いている（コラム①参照）。

本章であつかう『八日目の蟬』は、女同士の関係のなかでも、とりわけ母子関係にスポットを当てた作品である。二〇〇五年一一月二一日から翌年七月二四日まで、『読売新聞』（夕刊）に連載され、二〇〇七年に中央公論新社より単行本が出版された本作は、テレビドラマ化、映画化もされ、原作・映像ともに評価の高い作品である。

『八日目の蟬』は二人の女性――希和子の物語と恵理菜の物語で構成されている。第一章は不倫相手の赤ん坊を誘拐して、逃亡生活を続ける希和子の視点、第二章は、成長し、大学生になった恵理菜の視点から物語が語られる。このように『八日目の蟬』は嬰児誘拐という一つの出来事が、希和子・恵理菜の二人の視点から語られるのだが、それだけではなく『八日目の蟬』は綿密な構成・叙述方法・素材によって描かれている。

まず構成面から見てみると、「0章」は希和子に焦点化された三人称の視点で、赤ん坊を誘拐するまでがプロローグ的に語られる。そして、物語の前半部分にあたる一章は一九八〇年代の事件発生からの三年七か月余りを希和子の視点で、事件当時の日付に従って進行する。そして、一章の最後には「そのときのことを私は覚えている」と始まる恵理菜のモノローグが置かれる。

後半部分にあたる二章は恵理菜の一人称で語られ、ところどころに裁判での証言や誘拐当時の報道記録を基にした客観的な記述が挿入される。二章の最後には、「0章」と同じく希和子視点の三人称の語りによって、岡山のフェリー乗り場で希和子と恵理菜が、お互いをそれと認識せず同一の場にいることがほのめかされて、物語は閉じられる。

時間軸の点でも、一章は希和子が恵理菜を誘拐した事件当時のことが時系列で述べられており、二章は大学生になった恵理菜の現在の視点から誘拐事件を捉え直す、というように誘拐事件を起点として、希和子の時間と恵理菜の時間が連続した一つの物語となっている。そして叙述方法も、希和子の日記風の記述、二人のモノローグ、裁判記録や報道記録などの客観的な記述など様々なスタイルを使って、出来事が描き出されている。ちなみに映画版『八日目の蟬』(二〇一一)は、希和子が薫(=恵理菜)と逃亡する過去と、現在の恵理菜を交互に描きだす手法をとっており、全体として、現在の恵理菜の視点で統一して物語が描かれており、原作の小説と結末が異なっている。

また、『八日目の蟬』にはいくつかモチーフとなった実在の事件、団体がある。例えば、相手男性の家を放火した日野不倫放火事件[*1](一九九三年一二月一四日)は事件当日の朝、出勤する夫を妻が駅に送るまでの約十五分間に合鍵で室内に侵入し、ガソリンをまいて火をつけ幼児二人を焼死させた事件だが、『八日目の蟬』では誘拐事件に設定を変更している。

さらに現実世界と隔絶して共同生活を送る『八日目の蟬』のエンジェルホームは、集団生活、自然食を信奉し、有機農法を行いながら集団生活をしている山岸会（ヤマギシズム）や、一人の教祖を信奉する新興カルト宗教教団を彷彿とさせるが、そうしたイメージだけではなく、女性たちを暴力から守るシェルターとしても描かれている。このように『八日目の蟬』は現実に起こった事件、実在する団体をモチーフにしながら、〈本当にありえたかもしれない物語〉を描いているのだ。

『八日目の蟬』は、希和子の嬰児誘拐、そして逃亡劇を描いたサスペンスドラマとしても読むことができるが、先述したような複雑な物語の構成が、単なるサスペンスドラマではなく、母娘をめぐる女性たちの葛藤を描いた人間ドラマに昇華させている。つまり、『八日目の蟬』は希和子の物語でもあり、恵理菜の物語でもあり、そして、希和子と薫、実母の恵津子と恵理菜、そして恵理菜とこれから生まれてくる子どもというように、母子たちの物語でもある。

しかし、薫＝恵理菜は希和子とは血のつながりがない。それも誘拐した赤ん坊である。もちろん誘拐は犯罪であり、到底容認できるものではない。しかし、誘拐という犯罪を犯してまでも、いや犯したがために、他人の子どもを育てることで育まれた母子の関係性は、従来の母子関係を再考させる契機を孕《はら》んでいる。次の一、二節では『八日目の蟬』における母子関係に注目して、〈母親である〉〈母親になる〉ということを考えてみる。さらに三節では恵理菜の〈育児ケア〉の可能性に注目する。そして「おわりに」では、トラウマの克服の物語として『八日目の蟬』を読んでゆきたい。

一　〈母親である〉こと、〈母親になる〉こと

作者角田光代は、『八日目の蝉』のテーマである〈母性〉について次のように述べている。

母性、にしてもそうだ。女は女と生まれただけで母性を持っていると、無意識にだれもが思っているが、本当にそうなのか。ならばなぜ、虐待や子殺しがあとを絶たないのか。この小説（『八日目の蝉』――引用者注）を書きながら考えたことのひとつに、母性というのは才能なのではないか、ということがある。サッカーやピアノに必要とされるものと同じ力のことである。その才能にしたって、環境や資質がそろわなくては、発揮されることはないのである。

（「違いに揺るがぬ強靭さ」『読売新聞』二〇〇七・三・二七）*2

一般的には、すべての女性には〈母性〉が備わっていると考えられている。しかし、それはウソではないのか。すべての女性に〈母性〉が備わっているなら、児童虐待や子殺しはなぜ起こるのか。「母性というのは才能なのではないか」という角田の発想を広げてみよう。〈母性〉とは生得的にあたりまえに備わっているものではなく、事後的に獲得されるものである。そして、才能のように個人差があるものである。ならば、女性の中にも〈母性〉が濃い人もいれば、

薄い人もいる。まったく〈母性〉をもたない女性もいるだろう。また、男性にも〈母性〉があってもいいはずだ。とすると出産は必ずしも母親である条件にはならないことになる。実際には養子縁組や継子など、血縁関係によらない母子関係はいくらでもある。[*3]

角田光代には、体外受精をテーマに夫婦、親子の関係性を問うた『ひそやかな花園』（毎日新聞社、二〇一〇）という作品がある。この小説では、母親同士が同じクリニックで不妊治療を受け、夫ではない男性の精子で体外受精して生まれた七人の男女の苦悩、葛藤を描きながら、血縁や遺伝子では決定されない親子関係のあり方が模索されている。

「母性というのは才能なのではないか」――『八日目の蝉』には、このような〈母性〉についての発想の転換がある。清水均は、この角田の発言を受けて、『八日目の蝉』には三人の母親が存在しているという。[*4]それは、恵理菜の実母である恵津子という「母親であるにもかかわらず母たりえなかった母」と、誘拐犯であり、恵理菜を育てた希和子という「母ではないのに母となった母」と、そして、誘拐された子どもであり、また希和子と同じように不倫相手の子どもを妊娠した恵理菜という「母親を忌避していたのに母へと変貌する母」である。

このように『八日目の蝉』は、〈母親であること〉〈母親になること〉をめぐって希和子・恵理菜・恵津子という三人の母親の物語が交差しているのだが、ここからは希和子、恵津子を中心に〈母親になる〉ということを考えてみたい。

平凡な会社員であった希和子は、不倫相手の秋山の子どもを身ごもる。妻と離婚すると言っていた秋山は、希和子に子どもが生まれると、離婚裁判で不利になるので中絶するように懇願する。秋山の申し出を受け入れ、中絶したにもかかわらず、秋山とその妻の間には同じ時期に子どもが生まれていた。それが恵理菜だった。夫の不倫を知った妻の恵津子は、中絶によって子どもを産めない体になった希和子をなじって、「空っぽのがらんどう」という言葉を投げつける。秋山の妻からの執拗な攻撃に耐えていた希和子だったが、この「空っぽのがらんどう」という言葉だけは、「しかたないと受け入れる気持ちにはなれなかった」。

「空っぽのがらんどう」とは、子どもを産めない体を指すだけではない。愛する者に裏切られ、子どもまで失った希和子の精神を含めた存在そのものを示す言葉である。また、石島亜由美はこの「空っぽのがらんどう」という言葉の背後に、出産によって女性が階層化されるジェンダー規範を見て取る。[*5] つまり、出産した秋山の妻は「産む身体」として自らを、「産めなかった／産めない」希和子の上位に位置づけ、希和子を差別化する。ここには、「産む身体」が優位とされる近代のジェンダー規範がある。女性には、産む女性／産めない女性／産まない女性がいるはずで、そのどれになるかは運命、縁、もしくは自らの意志による。しかし、近代という時代は出産を国民の再生産、国力の増強とみなし、「産むこと」を女性に課してきた。現代の少子化社会においても、別の意味で「産むこと」が政府の政策として推奨されているが、産む／産まない自由は女性のものである。「空っぽのがらんどう」という言葉は希和子の存在を否定する残酷な言葉である。

このように考えると、希和子が誘拐という罪を犯した理由は、不倫相手夫婦に対する憎しみや復讐のようにも思えるが、実はそうではない。「何をしようってわけじゃない。ただ、見るだけだ。あの人の赤ん坊を見るだけ。これで終わり。すべて終わりにする」と決心し、秋山の家に忍び込んだ希和子は、赤ん坊を見つける。赤ん坊を抱きあげようとした瞬間、「私はこの子を知っている。そしてこの子も私を知っている。なぜか希和子はそう思った」——赤ん坊の柔らかさ、温かさに、希和子は何も考えられなくなる。「空っぽのがらんどう」の自分を埋めるために、いや、生まれてくるはずだった自分の赤ん坊と出会ってしまったのだ。そして、希和子は自分のもとに生まれる赤ん坊につけるはずだった「薫」という名前を付け、自分の娘として恵理菜を育てる。粉ミルクを作り、おむつを替え、お風呂に入れるという育児ケアを反復することによって、希和子は薫の母になってゆく。しかし、希和子は誘拐犯である。薫と一緒にいられる時間は限られている。保険がないので薫を病院につれて行けない。戸籍がないので小学校にも入れることができない。いつまでも希和子は薫と一緒にいることはできないのである。

一方、実母の恵津子は、希和子が逮捕され、恵理菜が戻って来ても、彼女を娘として受け入れられないでいる。発見された恵理菜を抱きしめたとたん、びっくりした恵理菜はお漏らしをしてしまう。誘拐された三年七か月という時間によって、恵理菜は恵津子を実母として認識できなくなってしまう。秋山の家庭に戻って、小学生、中学生と成長してゆくが、父母との距離を縮めることができない。恵津子は家事もせず、夜遊びをするようになり、子どもたちへのケアを放棄するようになる。その理由は恵津子の口から次のように叫ばれる。

あんたを見ると、あの女を思い出す。あの女のことを思い出すと、おとうさんのことが憎たらしくなってくる。どうして私ばっかりこんなつらい思いをしなきゃなんないのって思うと、家にいるのがたまらなくいやんなるのよ。

誘拐された年月は、恵津子—恵理菜の母子関係を引き裂いた。空白の時間も理由だが、それ以上に夫の不倫相手に育てられたということが恵津子にとって恵理菜を受け入れられない大きな理由である。恵津子は、赤ん坊を産んだということでは〈母親である〉が、赤ん坊を育てられなかったので〈母にはなれなかった〉のである。

実母であるが母親になれなかった恵津子、母親になれたが、いつまでも母親であり続けることができない希和子——『八日目の蟬』の二人の母親は、〈母親になる〉ことの困難をそれぞれが抱えている。そして、『八日目の蟬』において、次に〈母親になる〉というテーマを託されているのは、恵理菜である。

二　二人の〈母親〉の再発見

秋山一家は希和子が逮捕されたのち、世間の好奇の目にさらされ、数回引っ越し、秋山も転職を余儀なくされる。恵理菜は小学校ではいじめられることはなかったが、「あの事件」の当事者という噂から、いつも遠巻きにされた。家庭でも父母への接し方がわからない。希和子に育てられた小豆島の方言「あんな」がつい出てくると、「私たちの子どもがどうして私たちの聞いたこともない言葉で話してなくちゃいけないのよ！」と恵津子はヒステリックに反応する。「感情の起伏の激しい」母親と、「無関心と諦観のまじりあった」父親の家庭に恵理菜の居場所はなかった。大学生になり一人暮しを始めた恵理菜の前に、唯一自分を受け止めてくれる存在として現れたのが岸田だった。しかし、岸田は既婚者で、恵理菜は希和子と同じように、不倫相手の子を妊娠する。先に述べたように、『八日目の蝉』の一章は希和子の物語、二章は恵理菜の物語で構成されている。そしてこの二人は、既婚者と交際し、妊娠するという同じような運命を背負うことになるのだが、希和子は堕胎を余儀なくされ、恵理菜は産む道を選択する。ここには、婚外子を産み育てることに対する一九八〇年代と二〇〇〇年代の社会的意識の差異も背景にあるだろう。*6 では、〈母になろうとして、母になれなかった〉希和子に対して、恵理菜はどのように〈母になって〉ゆくのだろうか。

恵理菜が〈母親になる〉ためには克服しなければいけない問題がある。それは、〈母親〉の承認である。誘拐された子どもである恵理菜は、産みの母親である恵津子からも承認を得られず、育ての母親である希和子を憎みながら成長する。「母親ではないだれかの影と、そして得体の知れないものを見るように私を見た母」の娘である恵理菜は、母子関係の中でアイデンティティを築けないでいるのだ。同時に「誘拐犯に育てられた子ども」という運命によって、「ふつう」の家庭生活が送れず、「現実感が消失」している恵理菜は、誘拐されたのが「なんで？　なんで私だったの？」と問い続ける。

恵理菜にとって〈母親になる〉ということは、恵津子・希和子という二人の母親を受け入れることである。〈母親〉が何者であったのか、〈母親〉の思いを承認してからでなければ、生まれてくる赤ん坊の母親にはなれない。これは、母親に愛されない子どもが、母親になったとき子どもを愛することができるのか、という迷いとは少し違うであろう。また、児童虐待する親の、かつて自分も親から虐待を受けていたという虐待の連鎖に対する不安でもないだろう。誘拐された恵理菜は、実母の存在も、育ての母親の存在も、両方〈母親〉として承認できていない。恵理菜のなかには母親像が希薄なのだ。したがって恵理菜は自分が母親となるイメージが描けない。誘拐犯でも、ヒステリックな女でも、彼女らを自分の〈母親〉と再認識したとき、はじめて、恵理菜は〈母親になる〉確信が持てる。それは、二人の〈母親〉を再発見することでもあり、同時に薫と恵理菜に分裂したまだった自己のアイデンティティを再構築する契機でもある。

では、恵理菜はどのように、二人の母親を受容してゆくのだろうか。希和子が自分をなぜ誘拐したのか、そしてまた恵津子がなぜ自分を拒否したのか――そしてその当事者が「なんで？　なんで私だったの？」か、恵理菜は常に問い続けていた。それらの問いを、自らの誘拐事件の記事や裁判記録を読んだり、また育った場所を訪れたりすることで解きほぐしながら、恵理菜は子どもを産むこと＝〈母親になる〉決意を固めてゆく。

そこで重要な役割を果たすのが、千草である。同じエンジェルホームで育てられた年上の千草にはホームの記憶がある。恵理菜と同じように「ふつう」ではない環境で育った千草は、自分のルーツを確認するためにエンジェルホームの関係者を取材し、本を出版する。次にホームで一緒に育った恵理菜のことを本に書こうとして恵理菜に接近する。同じ境遇を背負った二人は、過去の記憶に向き合うことで、現在を乗り越えようとする。過去に向き合う旅から帰ってきたら、「少しは動き出せるんじゃないか」と思った恵理菜は、旅に出る前に家族に自分の妊娠を告げる。しかし、家族に会った時、恵理菜は「衝動に素直に」従って次のように言ってしまう。

「子どもの父親はだれって訊きたいの？　父親はね、おとうさん、あなたみたいな人だよ。父親になってくれない人だよ。でも私は産むの。その人の子どもを誘拐したりしないでもすむように、私はひとりで産むの。ふたりで生きていくの。これからはふたりで」

恵理菜は半狂乱となった母親の恵津子を見ながら、「嫌いとか好きとかない。母親は母親」と確信する。そして、「なんで？　なんで私だったの？」という呪縛にとらわれていたのは、自分だけではなく、母も、父も、そしてあとから生まれた妹も、みんなが「こんなはずではなかった」と立ち止まっていたことに気づく。そして、「好きや嫌いではなく、私たちがどうしようもなく家族であったことに、私は今気づく」。自分たちを不幸にした希和子と同じ不倫─妊娠という道をはからずもたどることで、「父らしからぬ父、母らしいことのできない母、いつも気をつかっていた妹、そしてすべて憎むことで自分を守ってきた私」が「家族」であったことに気づくのだ。

一方、恵理菜は希和子をどのように受け入れてゆくのか。それまで希和子を憎むことによって恵理菜は生きてきた。しかし、千草とともに奈良県生駒市にあったエンジェルホーム、そして、小豆島へと自己の過去をたどる旅に出た恵理菜は、もうすぐ小豆島に到着するフェリーの中で、希和子が逮捕時に叫んだ言葉を思い出す。「その子は、朝ごはんを、まだ、食べていないの」という希和子の言葉は、恵理菜のことを母親として気遣うケアの言葉であった。

「なんて――なんて馬鹿な女なんだろう。私に突進してきて思いきり抱きしめて、お漏らしをした私に驚いて突き放した秋山恵津子も、野々宮希和子も、まったく等しく母親だったことを、私は知る」――事件の呪縛から自己肯定できない恵理菜、そのために実母からの愛を感じられず、母親という存在を忌避してきた恵理菜が、二人ともが〈母親〉だったと再確認する場面である。恵理菜にとっての〈母親の発見〉は、自らが〈母親になる〉ことへの自信となる。

このように『八日目の蝉』は、母親であるが母親なれなかった恵津子、母親になりたかったが母親になれなかった希和子という二人の女性が、恵理菜から承認されることによって〈母親になる〉物語である。そして、誘拐事件によって実母・恵津子から拒絶され、育ての母である希和子を憎むことでしか生きてこれなかった恵理菜が、生まれてくる子の〈母親になる〉ことを選択する物語と言えよう。

三　恵理菜の育児ケア

これまで『八日目の蟬』が提示する母子関係の新しさ——出産という体験、血縁関係で証明されるのは〈母親である〉ことだが、それがすなわち〈母親になる〉ことにはならない、血縁があってもなくても〈母になれる〉可能性はあるし、〈母親になる〉ことは能動的な行為であるということ——を見てきた。

さらに、『八日目の蟬』は、新しい育児ケアの方向性も示唆している。先に、恵理菜は二人の母親ができなかった〈母親になる〉可能性を託されていると述べたが、〈母親になる〉ことで、二人の母親ができなかった育児ケアを恵理菜は担うことになる。

恵理菜は、希和子と同じように父になれない人の子を身ごもったが、恵理菜が希和子と異なるのは、希和子が離婚した秋山と結婚し、「ふつうの」家庭を築けることを信じていたのに対し、恵理菜は岸田には頼らず、一人で産むことを決意するところである。岸田は妻帯者なので、彼と家庭を築き、子どもを育てることはできない。いや、恵理菜はそうした「ふつうの」育児ケアではない方法を自ら選択する。ここで言う「ふつうの」育児ケアとは、結婚した男女の夫婦のもとで育児が行われる形態を指す。妻と夫が育児ケアをどのくらいの割合で担うかは家庭によるのだろうが、育児ケアが家庭という空間で、母親だけで、あるいは夫婦の協力のもと行われる。祖父母の協力もあろうが、基本的に親子関係の中で完結する育児ケアである。では、恵理菜はどのような育児ケアの方法を選択しようとするのだろうか。

小豆島へ向かうフェリーの中で、窓の外の海を見ながら、「この子を産もうと決めたとき、私の目の前に広がった」のは、小豆島の海の景色――「海と空と雲と光と」であったことを恵理菜は思い出す。そして、次のように考える。

子どもが生まれたら立川の実家に戻ろう。母親になれなかった母と、どんな人を母というのか知らない私とで、生まれてくる赤ん坊を育てよう。父であることからつねに逃げ出したかった父に、父親のように赤ん坊をかわいがってもらおう。もし両親が役にたたなくても、私がだめ母でも、千草がいる。真理菜もいる。そうしたら私は働くことができる。

恵理菜の育児ケアは、複数によって担われることが想定される。それは単に父母に育児ケアを分担してもらおうという発想ではない。恵理菜が誘拐されることによって育児ができなかった母親や父親に、生まれてくる赤ん坊を育ててもらうことで、実の父母であるが、〈父母になれなかった〉両親に、本当の母親や父親になってもらうことができるかもしれないという期待である。また、それがだめでも、千草や妹の真理菜という助っ人がいる。

恵理菜が出産をためらったとき、千草は「自信なかったら私がいっしょに母親やってあげてもいいよ。私なんかじゃ頼りにならないかもしれないけど、だめ母でも二人いれば、少しはましなんじゃないの」と恵理菜を励ます。千草のこの発想の元はエンジェルホームにあるだろう。財産をすべて教団に寄託させるなど不審な側面もある新興宗教団体ではあるが、女性の身の上相談、健康食販売と形態を変えながら存続してきたエンジェルホームに入所した女性たちは、何らかの形で傷を負った女性たちだった。そして、共同生活を送る中、育児も共同で行っていた。千草は「へんな施設で育ったこと、ずっと私には負い目だった。選んだわけじゃないんだし。でもさ、あんたが妊娠してから考えたんだ。あそこでは大人はみんな母親だった。好きな人も苦手な人もいたけど、全員母親だった」と、育児が一人の母親ではなく、複数の「母親」で行われる可能性を述べている。

『八日目の蟬』には、育児ケアは一人の母親で行われるものではなく、母親は複数いてもいいのではないか、という新しい育児ケアの発想がある。実際、家庭の中だけに育児ケアが囲い込まれる弊害は、すでに明らかになっている。例えば、「産後うつ」「育児ノイローゼ」「ワンオペ育児」など、育児ケアが母親一人に集中することに端を発する問題である。

エヴァ・フェダー・キテイや、ファビエンヌ・ブルジェールが論じるように、[*7] 人間は誰かに〈依存〉することなしに生きてゆけない。しかし、現代は〈自立（自律）した個人〉を中心に世の中が回っている。そこから排除された子どもや高齢者や障がい者といった〈弱者〉のケアをする労働は女性が担ってきた。〈ケア〉とは脆弱で依存状態にある他者に配慮することである。そして、〈自立〉ではなく〈依存〉から世界をとらえれば、そこに生まれた「つながりの平等」は新しい社会を作り出す倫理となる。『八日目の蝉』は、傷ついたものたちが傷を抱えながらつながりを求めてゆく物語でもある。『八日目の蝉』で提示される複数の母親による育児ケアの可能性は理想にすぎないかもしれない。しかし、希和子・恵津子・恵理菜——それぞれが抱えた苦悩の先に、新しい母親像、新しい育児ケアが見えるとすれば、現代に生きる女性たちへのエンパワーメントになるだろう。

おわりに

これまで、〈母親になる〉ことを中心に『八日目の蝉』を読んできたが、この小説はそれぞれの人物が〈母になろう〉とすることで、抱えたトラウマを克服してゆこうとする物語でもある。

恵理菜は、不倫—妊娠という希和子と同じ運命をたどりながら、産むことを選択し、二人の母親を受容し、〈母親になる〉ことで、誘拐された子どもというトラウマを克服してゆく。と同時に、薫と恵理菜の間で分裂していた自分のアイデンティティを見つけ出す。

恵理菜の両親も、先述したように恵理菜に赤ん坊が生まれ、かつてできなかった育児ケアをすることによって、〈母親になる〉〈父親になる〉ことができるであろうことが暗示される。

また、エンジェルホームという女だけの世界で育てられた千草は、成人しても男性を受け入れることができず、〈精神的に産むことができない〉女性である。しかし、先述したように、恵理菜の育児ケアに協力を申し出る千草にとっても、生まれてくる赤ん坊は生きる希望である。

では、希和子はどうであろうか。刑務所から出所した希和子は、各地を転々とし、薫と過ごした小豆島の対岸にある岡山のビジネスホテルで働きはじめる。再び「空っぽのがらんどう」を生きる希和子は、小豆島行きのフェリー乗り場を訪れはするが、なかなか小豆島に渡ることができずにいる。

物語の最後は、フェリー乗り場で希和子が薫の姿を思い浮かべながら海を見ている場面である。その時、「がらんどう」という声が聞こえる。しかし、「すべて失った私は本物のがらんどうだ。なぜあのときその言葉にあれほど傷ついたのだろう。我を忘れるほど怒り狂ったのだろう。あの女は本当のことを言っただけなのに。そうして、どうやら人はがらんどうでも生きていられるものらしい」と希和子は思う。希和子は「空っぽのがらんどう」を引き受けて生きようとしている。

そして、希和子は知ることはできないが、希和子と恵理菜は同じフェリー乗り場にいる。希和子が見た「さっきフェリーに乗り込んでいった見知らぬ妊婦とその姉」が、恵理菜と千草のことである。同じ空間にいるのだが、二人はお互いを認識できない。しかし、恵理菜の「秋山恵津子も、野々宮希和子も、まったく等しく母親だった」という覚醒によって、読者は希和子も恵理菜から〈母〉の承認を得られたことを知るのである。また、希和子が「薫」と「心のなかで」呼びかけたとき、恵理菜は「だれかが私の名前を呼んだ気がして」振り返る。この時、恵理菜は薫であり、希和子は恵理菜の後ろ姿を見ながら「愚かな私が与えてしまった苦しみからどうか抜け出していますように。どうかあなたの日々がいつも光に満ちあふれていますように」と願う。その願い通り、恵理菜は光の海へと歩みだしてゆく。

『八日目の蝉』のラストの文章は、「海は陽射しを受けて、海面をちかちかと瞬かせている。茶化すみたいに、認めるみたいに、なぐさめるみたいに、許すみたいに、海面で光は踊っている」というものだ。この場面で、『八日目の蝉』の卓抜に仕組まれた構成の戦略が効果を発揮する。この文章は、「0章」の終わりの「腕のなかで赤ん坊は、あいかわらず希和子に向って笑いかけていた。茶化すみたいに、なぐさめるみたいに、認めるみたいに、許すみたいに」という一文と対応している。

薫のいない世界で、希和子は再び「空っぽのがらんどう」となった。しかし、「がらんどう」のまま生きて行けるとも思った。そんな希和子を「なぐさめ」「認め」「許す」のは、赤ん坊の薫ではなく、瀬戸内海の鏡のような海である。かつて小豆島で薫と一緒に眺めた海である。薫はもういないが、薫と眺めた海はそこにある。そのことは確かに希和子が薫の〈母であった〉ことを物語っている。

最後に、タイトル『八日目の蝉』とはどのような意味が込められているのだろうか。この蝉の話をしたのは千草である。

「前に、死ねなかった蝉の話をしたの、あんた覚えてる？　七日で死ぬよりも、八日目に生き残った蝉のほうがかなしいって、あんたは言ったよね。私もずっとそう思ってたけど」千草は静かに言葉をつなぐ。「それは違うかもね。八日目の蟬は、ほかの蟬には見られなかったものを見られるんだから。見たくないって思うかもしれないけど、でも、ぎゅっと目を閉じてなくちゃいけないほどにひどいものばかりでもないと、私は思うよ」

秋に千草と見上げた公園の木を思いだした。

「八日目に生き残った蟬」というのは、誘拐された娘としてエンジェルホームという特殊な環境で育った恵理菜、そして千草のことである。「私はあんたといっしょに出ていきたいんだと思うよ。閉じこめられたような場所から、もっと違うようなところに出ていきたいんだと思うよ」という千草の言葉からは、過去にとらわれたままでいる二人が穴の中の蟬にたとえられていることがわかる。また、「ほかの蟬」のように育たなかったことが、彼女たちのトラウマであった。しかし、千草は恵理菜に「八日目の蟬は、ほかの蟬には見られなかったものを見られるんだから」「ぎゅっと目を閉じてなくちゃいけないほどにひどいものばかりでもないと、私は思うよ」と「八日目の蟬」にしか見ることのできない景色を示唆する。それは恵理菜にとっては〈母親になる〉ことを決心して、小豆島へ渡るフェリーから見る海と空の輝きである。また、「あの女、野々宮希和子も、今この瞬間どこかで、八日目の先を生きているんだと唐突に思う。私や、父や母が、懸命にそうしているように」——希和子もまた「八日目の蟬」なのだ。

さらに、恵理菜はフェリー乗り場で「突然、今目前にある光景と、目の前にない光景が混じり」

だし、「薫。私を呼ぶ声が聞こえる。薫、だいじょうぶよ、こわくない」と希和子の声とともに、二人で暮らした記憶が、千草の「八日目の蝉」の話とともによみがえる。そして、恵理菜は次のように確信する。

手放したくなかったのだ、あの女とのあり得ない暮らしを。ひとりで家を出てさがしまわるほどに、私はあそこに戻りたかった。でも、それを認めてしまうことができなかった。（中略）憎みたくなんか、なかったんだ。私は今はじめてそう思う。本当に、私は、何をも憎みたくなんかなかったんだ。あの女も、父も母も、自分自身の過去も。

「八日目の蝉」とは、誘拐犯の娘として育った恵理菜、エンジェルホームという特殊な環境で育った千草、そして、誘拐を犯してまで母となろうとした希和子や、誘拐事件によって人生が狂った恵理菜の家族のことである。それぞれが苦悩を抱えながらも、過去の自分と格闘した先に見える景色が「八日目の蝉」の見る景色なのだ。さらに、もう一人、この「八日目の蝉」の見る景色を見るであろう存在がいる。それは、恵理菜の生まれてくる赤ん坊だ。最初は中絶しようとしていた恵理菜だが、赤ん坊が生まれるのが緑のきれいな季節だと知ると、「海と、空と、雲と、光と、木と、花と、きれいなものぜんぶ入った、広くて大きい景色」を生まれてくる赤ん坊に見せたいと思うようになる。それは、恵理菜が育った小豆島の景色である。

『八日目の蝉』は、希和子の物語として読めば、母になれない「空っぽのがらんどう」の女性が、誘拐ではあるが赤ん坊のケアをすることで母となり、薫を失ったあとも「空っぽのがらんどう」を抱えながら、生きてゆこうと静かに決意をする物語である。また、恵理菜の物語として読めば、母になろうとしてなれなかった希和子、実母であるのに母になれなかった恵津子という二人の母の間で、アイデンティティの分裂をかかえていた女性が、二人の母を承認することで〈母親になる〉ことを選択する物語である。『八日目の蝉』は、それぞれの人物がトラウマを抱えながらも、〈母になろう〉とすることで、これまで誰も見たことない未来の景色――「八日目」の先を手に入れる物語なのである。

＊作品本文の引用は以下に拠る。
角田光代『八日目の蝉』（中公文庫、二〇一一）

1――黒川祥子「産んだ女と産まない女――日野放火殺人考」（『思想の科学』一九九六・五）。
2――角田光代『何も持たず存在するということ』（幻戯書房、二〇〇八）に所収。
3――野辺陽子・松木洋人・日比野由利・和泉広恵・土屋敦『〈ハイブリッドな親子〉の社会学――血縁・家族へのこだわりを解きほぐす』（青弓社、二〇一六）。
4――清水均「「八日目の蝉」――「母」と「母性」をめぐる物語」（現代女性作家読本刊行会編『現代女性作家読本⑮ 角田光代』鼎書房、二〇一二）。

5——石島亜由美「「空っぽのがらんどう」の発現——角田光代『八日目の蝉』」(『Rim』二〇一一・九)。
6——この婚外子の出産に対する時代の意識差については、前掲の石島亜由美(注5)が詳しく論じている。
7——エヴァ・フェダー・キテイ『愛の労働あるいは依存とケアの正義論』(岡野八代・牟田和恵監訳、白澤社、二〇一〇)、ファビエンヌ・ブルジェール『ケアの倫理——ネオリベラリズムへの反論』(原山哲・山下えり子訳、白水社、二〇一四)。

コラム①

ママ友たちのカースト

桐野夏生『ハピネス』『ロンリネス』

崔正美

桐野夏生の『ハピネス』（二〇一三）は、タワーマンション（以下、タワマンと略す）に住む三〇代ママ友たち（同年代の子どもを育てる母親グループ）の閉じられた世界と微細な人間関係を描き出す。この小説は、セレブ志向の同年代女性読者層を持つファッション誌『ＶＥＲＹ（ヴェリィ）』（光文社）に連載された。

桐野には、中高年の主婦を主人公にした小説がいくつかある。たとえば、夫の亡き後、様々な現実的問題に直面する五〇代後半の主婦を描く『魂萌え！』（二〇〇五）や、自分勝手な夫・息子たちの言動にキレた四〇代半ばの主婦が出奔する『だから荒野』（二〇一三）などである。どちらの女主人公も家族に深く失望し、家を離れて外の「荒野（wilderness）」へ飛び出す。その後「旅」を終え、家に戻った彼女たちは、家族との関係を再編していく。

それでは子育てを始めて間もない、若い母親たちが登場する『ハピネス』は、どのような物語なのだろう。

小説の舞台は近年も開発の進む東京湾ベイエリアのタワマン。住民のほとんどが三、四〇代のニューファミリーで占められ、そこに居住することは一種のプチセレブの証とされている（斎藤美奈子「解説」『ハピネス』光文社文庫）。この話に登場する専業主婦たちも、五人のうち四人が同じタワマンに住み、全員に未就園の女児がいるという設定だ。グループのリーダー格・裕美《ゆみ》は、二棟あ

桐野夏生『ハピネス』
（光文社、2013）

るタワーの眺望の良い側・高層階に住む、華やかな元キャビンアテンダント。一方、主人公の有紗《ありさ》は、眺望の悪い側・中層階に賃貸で住む、元派遣社員である。有紗は、タワマン居住空間の可視化された「ランク」付けに引け目を感じているが、グループで唯一人、普通のマンションに住む洋子は臆する気配がない。有紗と洋子の二人は、裕美ら「格上」の母親たちから「公園要員」（公園で子どもを遊ばせる際に必要な員数）と見なされている。

角田光代の『森に眠る魚』（二〇〇八）も、ママ友の人間関係における親密性と序列性を描き、母親たちの抱える問題を浮き彫りにした小説だ。彼女たちにとって同世代の育児仲間の有無は、正しく死活問題とも言えよう。なぜなら、その交流によって子育ての情報や連帯感が得られると共に、孤立した密室育児から逃れ得るからである。しかし時にその場は、親子をめぐる様々な比較や価値観の相違による軋轢も生み出してしまう。『ハピネス』の有紗も、タワマン・グループ内で母娘共に押され気味であるため、交友関係に居場所と「苦痛」の両方を感じている。それでも有紗がグループに居続けるのは、ひとえにセレブ的な裕美に寄せる憧憬心からだ。テクストには、その憧れの念と女性たちの階層性を際立たせるかのように、カースト「外」的存在の「ラウンジママたち」が登場する。彼女たちの「冴えない」身なりと男児たちの粗雑な振る舞いは、「素敵な」ママたちの蔑みの対象となり、二つのグループは挨拶すら交わさない。

『ハピネス』の冒頭は、「巨大な埋立地」の海に

「面してそびえ」建つ、「空中に浮かんだ危うい」人工的なタワマン空間の表象と、そこに住む有紗たち母娘の「不安定さ」から書き出される。さらに語りは、周囲に見せる有紗の「取り繕い」と、彼女の過去・現在の「秘密」との繋がりを解き明かしていく。それは故郷・新潟で、農園の嫁となった最初の結婚がうまくいかず、子どもを婚家に残し離婚したこと、その後上京して契約社員となり、合コンで出会った修平とは「出来ちゃった婚」であること、過去を知らせなかった有紗に立腹した修平が、海外赴任のまま二年半、音信不通であることなど、実に多岐にわたっている。

にもかかわらず「地に足の着かない」有紗は、義父母からの経済的援助を受けつつ、タワマンでの育児と生活に固執するという「野心家」ぶりを示す。「保育園のような施設はご免」「よい幼稚園を選んで」「母親は働いたりせずに、たっぷりと愛情と時間をかけて、子供を育てなければいけない」と思う有紗に、働きながらの育児という選択肢は端《はな》から無いのだ。俗に言う、この三歳児神話の言説は、夫の高収入に支えられた母親グループの生活感や価値観をそのまま内面化したものだろう。グループで一番の「異端者」洋子（深川育ちで実家が鮨チェーン店経営）のみ、「保育園の何が悪いの。あたし、保育園育ちだよ」と反駁し、「正当」な問いを投げかけている。

カーストの格付けは、世代間へと波及し、継承化の道を辿る。裕美が、自身の母校であり難関として有名な私立幼稚園に娘を受験・入園させたのも、子どもの教育の「達成」や「成果」がその主要な指標となるからである。有紗は上位の階層に漠然とした羨望を抱き、洋子は階級の再生産性に批判的であったのだ。そもそも洋子と裕美の対立には、小説の舞台となる東京都江東区というトポスも作用している。その湾岸一帯は、近年流入した山の手と土着である下町、二つの文化が交差する場であり、裕美と洋子はそれぞれのカルチャーやハビトゥス（流儀）を体現する者として対照的に描かれるのだ。そして社会の主流としては、タワマン的な前者がスタンダードとされ、上位と見なされる。

このママ友世界の強固なヒエラルキーに風穴を開けるべく、テクストで前景化されるものとは、恋愛である。桐野作品において、男女の性愛が重要な位置を占めるとの指摘（松浦理英子「解説」『天使に見捨てられた夜』講談社文庫）は、『ハピネス』にも当てはまるだろう。美貌だが身なりに無頓着、最も「VERY」的世界から遠い洋子が、カーストの上位者・裕美の「イケダン」（イケてる旦那）と恋に落ち、その「異種的」恋愛の成就が、ママカーストへの反旗となるのだ。

そしてこのような洋子の恋愛譚に伴走されながら、小説『ハピネス』の主軸をなすのは、妻・母・嫁役割の「失敗者」という軛《くびき》から、自己を解放していく有紗の変身譚なのである。女性に課せられる役割に囚われない洋子の闊達さと、ママ友の枠を超えた裏表の無い友情を支えに、有紗は少しずつ過去を「清算」して現実に向き合い、前に歩き出す。修平からの呼び寄せに頼らず、かつては避けていた保育園へ娘を預け、パートタイマーとして働くまでに変貌する。

『ハピネス』の続編『ロンリネス』（二〇一八）は、その二年後から話が始まる。帰国した修平との生活を再開するも、修平による長期のネグレクトと報復的な不倫は、夫婦の間にわだかまりを残してしまう。最初の結婚と同じく現在の結婚も、家族のケアとそれに付随する感情労働をめぐる諍《いさか》いが絶えない。それは家族といえども、その中においてパワーバランスや序列性と無縁ではないためであろう。そこから離れた、別の関係性・パートナーシップを求めて、有紗は同じタワマンの階下に住む二児の父・高梨との恋愛に傾いていく。

友人の洋子も紆余曲折の末、裕美の夫・ハルと結びつく。しかし洋子は娘を失い、ハルはコンプライアンスにより職場を追われる等、社会的制裁を受ける。テクストは、洋子や有紗たちの「不在」（離婚）が引き起こす家庭内ケアワークの空白を、洋子の妹や若い後妻が補充し、担う様を書き記している。また高梨の妻が、夫のかつての不倫にひどく苦しめられたこと、仕事と育児を必死にこなす様も書き逃さない。婚姻外恋愛＝「不倫」による当事者の払う代償と、周囲の者が受ける傷と痛み、そして他の女性たちへと委譲されていくケアワーク。それにも拘らず、彼女ら（有紗・洋子）をそこへ動かすものは何であるのか。

『ロンリネス』の有紗は、それを「旅」に譬える。家族がいても人は根本的に孤独（loneliness）だと言う高梨に、有紗は自分の旅（高梨との関係）は、娘や夫のいる家に帰らず「自分自身に帰る」ことだと言う。旅を続けることを選んだ洋子も有紗も、その自己選択そのものに幸福（happiness）を見出したのだろうか。そして彼女たちが旅の途上で遭遇する光景こそは、先述した「荒野・原野（wilderness）」なのである。「荒野」とは、女性すなわちケアをすべき者という制度の「外」側を示唆しているようだ。

コラム②

〈イクメン小説〉のなくなる日

川端裕人『ふにゅう』・堀江敏幸『なずな』

光石亜由美

「イクメン」という言葉が登場して久しい。一九九九年、当時の厚生省が、有名ダンサーを起用して作成したポスター「育児をしない男を、父とは呼ばない」が話題となり、メディアでも「子育てする父親」「イクメン」がしばしばとりあげられるようになった。二〇一〇年末の新語・流行語大賞では「イクメン」がトップテン入りした。

「イクメン」という言葉は社会に定着し、政策的にも男性の育児休暇の取得が推奨されている。しかし、実態はどうであろうか。例えば、二〇一七年の男性の育児休暇取得率は、五・一四%で「過去最高」(!)であった(女性は八三・二%)。また、末子が六歳未満の夫婦の場合、父親が育児をする時間は一日当たり四十九分と、女性の三時間四十五分にはるかに及ばない(総務省統計局「平成二八年　社会生活基本調査」)。

父親の育児参加を阻害する要因は何だろうか。まず、長時間労働があげられる。そもそも、家に帰る時間が遅く、育児をする時間が持てないのだ。次に、男性は仕事、女性は家事・育児といった性別役割分業に基づいた規範だろう。「夫は一家の稼ぎ手」という男性性の意識からは、仕事と育児の両立という発想は生まれない。さらに、男性が育児をすることを許容しない環境もあるだろう。例えば、男性が育児休暇を取ることを快く思わない上司がいたりするなど、男性が育児休暇を取りにくい労働環境が、残念ながら多いのが現状である。

こうした男性が育児をしにくい現実社会を背景に生まれたのが〈イクメン小説〉である。〈イクメン小説〉とは、その名の通り、男性の育児を描いた小説である。イメージだけが先行した感のある「イクメン」を描いたこれらの〈イクメン小説〉を通じて、男性が行う育児について考えてみたい。

まず、イクメンプロジェクトが本格始動する前に描かれた川端裕人『ふにゅう』（新潮社、二〇〇四）に収録された短編「おっぱい」を見てみよう。「おっぱい」の主人公洋介は証券会社勤め。妻は広告代理店のCMディレクターである。結婚当初から家事を分担する「共同生活のルール」を持っている二人は、子どもが生まれてから育児も分担する。しかし、洋介の会社が突然倒産したために、洋介の育児生活が始まる。「世間で「女の仕事」とされているものに、あまり抵抗」がない洋介は育児に奮闘するが、慣れない育児に四苦八苦する。娘の綾はかわいいが、夜泣きに悩まされる。仕事が忙しい妻の帰りが遅いのもイライラする。

川端裕人『ふにゅう』
（新潮社、2004）

「おっぱい」は、専業主夫となった洋介の子育て奮闘記であるが、主夫の目線から、育児がとらえ返されている点が興味深い。夫が子育てをするときの困難――例えば、母親ばかりの検診では、赤ん坊をつれた男性は居心地が悪い。娘が熱を出して入院した時は、洋介は自分が付き添いたいのだが、病院の規則で母親しかつきそいが許されない。このように、男性は仕事、女性は育児・家事というようにジェンダー化された社会において、育児という女性ジェンダー化されたテリトリーに

堀江敏幸『なずな』
（集英社、2011）

男性が参入する際の困難が描きこまれている。

また、単行本のタイトル『ふにゅう』とは、「父乳」のこと。いくら自分が娘をかわいがっても、やはり母親のおっぱいにはかなわない。「ちゃんとしたおっぱいがほしい」と願う洋介はひそかに女性ホルモンを飲み始める。荒唐無稽な発想だが、出産・授乳は女性にしかできないという本質主義を根拠に、育児が女性にのみ一方的に任せられてきた性別役割分業を、洋介は女性ホルモン摂取という荒業で乗り越えようとしている。

次に紹介する堀江敏幸『なずな』（集英社、二〇一一）は、実の父親の子育てではなく、やむない事情から弟夫婦の子どもを預かる話である。地方都市の新聞記者で、四〇代独身の「私」は、弟が海外で事故にあい入院、同時に弟の妻も病気で入院してしまい、生後二か月の弟夫婦の赤ん坊・なずなを預かる。数時間おきにミルクをあげる生活に寝不足になったりと、初めての体験に悪戦苦闘するが、次第に育児にやりがいを見出す。

まず、なんといっても「私」にやりがいを感じさせてくれるのが、なずなが見せる表情である。「昼夜兼行の世話でこちらの疲れは抜けてくれないのだが、身体を痛めつけるのも、疲労を消し去ってくれるのも、この子の、なずなの表情だった」――なずなが笑い、なずなが呻《うめ》くといった小さな成長の過程に、これまでにない充足感を味わう。ケアをされる側のなずなによって、ケアをする側であった「私」は逆にケアを受けているのだ。また、なずなを中心に人とのつながりが生まれてくる。知らない人に声をかけられたり、また周囲の人々から育児にまつわるさまざまなアドバイスをもらったり、なずなは「私」と人々をつなぎ、「私」の世界観を変えてくれる存在である。

　これらの〈イクメン小説〉はいずれも、従来女性の仕事とされてきた育児を男性がすることによって、それまで男性の立場からはわからなかった育児の大変さを知り、そして、困難を体験することによって、育児にやりがいを見出す構造になっている。この意味では〈イクメン小説〉は、女性ジェンダー化された育児というケアを見直すきっかけとなる。しかし、問題がないわけでもない。

　まず、ここであげた二つの〈イクメン小説〉の共通点は、ケアを受ける赤ん坊が女の子であることだ。「ふにゅう」では、作中、父子の一体感を味わいたいばかりに、野生動物のように娘の陰部をなめる場面がある。現在では性的虐待ともとられかねない部分である。ここまで過激ではなくとも、父による娘の育児ケアの原動力が、異性愛的情動にあるという描き方がなされる傾向が、〈イクメン小説〉にはあるのではないか。

　次に指摘しておきたいのは、何らかの理由で男性側が育児に専業、もしくは多くの時間をさける状態にあるという点である。『ふにゅう』においては、失業することによって専業主夫となり、『なずな』は勤めている新聞社の社主が寛大で自宅勤務を認められている。また、『なずな』は期間限定の育児であり、なずなの周りには、小児科医のジンゴロ先生、マンションの一階にある飲食店のママさんなど、「私」の育児を助けてくれる助っ人がおり、めぐまれた環境で育児が行われる。

　そもそも、男性の育児が小説のテーマになるのは、男性の育児そのものが〈特殊なこと〉であり、女性ではあたりまえとされていることが、男性がやると、よくやった、がんばった、と過大評価される背景があってのことである。子育てをすることによって、自己実現や自己成長をすることは男女ともにあるだろう。しかし、とりわけ男性の場合のみに強調される傾向があるのは、まだまだ男性の育児参入率が高くない現実を物語っている。

一方、近年、疲弊する「イクメン」も増えている（「心を病む「イクメン」」『朝日新聞』二〇一七・九・四）。実際の業務量や労働時間が減らないのに、さらにその上、育児にまで完璧を求められる「イクメン」たちの声も聞こえ始めてきた。これらの「イクメン」たちの悲鳴は、仕事も、子育ても、両方をがんばることが求められた共働き世帯の妻を裏返したものである。仕事も育児も、両方を充実させるためには、女性も男性も、働き方そのものから見直さなければならない。そしてそれを実現するための社会構造改革が重要なのは当然だろう。

先述したように〈イクメン小説〉は、女性ジェンダー化された育児ケアを見直すきっかけを与える点では評価できる。しかし、「イクメン」という言葉がなくなる日が、本当の意味での「イクメン」の誕生となるのであれば、〈イクメン小説〉がなくなる日がやってくることを願うばかりである。

第2章

ケア小説としての可能性

三浦しをん『まほろ駅前多田便利軒』

米村みゆき

三浦しをん（みうら・しをん／一九七六〜）
東京都出身。二〇〇六年『まほろ駅前多田便利軒』で直木賞受賞。二〇代での同賞受賞は四人目。二〇一二年『舟を編む』で本屋大賞、同作のほか『風が強く吹いている』（二〇〇六年）、『光』（二〇〇八年）など数編が映画化されている。二〇〇八年から太宰治賞の選考委員、二〇〇九年から手塚治虫文化賞の選考委員など、各種文学賞の選考委員を務める。父親はベストセラー『口語訳 古事記』の訳者でもある上代文学研究者の三浦佑之。

はじめに

三浦しをんは『まほろ駅前多田便利軒』で、二人の男性による便利屋の仕事のエピソードを描く。『別冊文藝春秋』に連載後、二〇〇六年に単行本化、二〇〇九年に文庫化された。続編にあたる『まほろ駅前番外地』も同誌に連載の後、二〇〇九年に単行本化、同じく続編の『まほろ駅前狂騒曲』は『週刊文春』に連載の後、二〇一三年に単行本化された。本作は、二〇一一年に映画化され、同シリーズの『番外地』は二〇一三年にテレビドラマ化、『狂騒曲』は二〇一四年に映画化された。また山田ユギによるコミック版（全四巻、二〇一三〜二〇一七）もある。

『まほろ駅前多田便利軒』は、東京郊外で便利屋を経営する多田啓介のところに高校時代のクラスメート行天《ぎょうてん》春彦がころがりこみ、便利屋の事務所兼自宅で同居する一年間を描く。二人とも離婚歴のある独身男性であり、会社に勤めた経験を持つ。物語は慎重かつ世間的には常識のあるふるまいをする多田の視点から語られており、そのため、行天の摑みどころのない行動が、多田によって〝奇行〟として認識され、理解できない謎めいたものとして描かれている。

続編によってシリーズ化されていることから、同作は人気小説の一つであるといえるだろう。改めて考えてみれば〈便利屋〉という設定は、小説の装置として巧みである。なぜなら、主人公が依頼人から仕事を受け、様々なトラブルに巻き込まれつつも奮闘し、最終的な着地点に収まってゆく、という類型化したエピソードによって、幾らでも物語を積み上げることが可能であるからだ。主人公のもとに新規の依頼が届けられるたび、挿話は尽きることなく生み出される。このような側面は、同時に、同作におけるエンターテイメントとしての消費を招いてきたと思われる。そのため『まほろ駅前多田便利軒』を研究対象として掘り下げる先行研究はこれまで皆無に近かった。参考までに、映画作品の公式サイトの宣伝文は「バツイチ男二人、なんでもひきうけます。ぶっきらぼうだけど、どこか優しい便利屋二人の、ワケありで痛快な物語。[*1]」であり、予告編の動画の冒頭は、犬の飼い主探し、庭そうじ、塾の送り迎え代行などの〈便利屋〉の仕事内容を紹介するものとなっている。

本章で問いかけてみたいのは、『まほろ駅前多田便利軒』は様々な親子関係や育児の状況、すなわちケアについて問うことを強く促している小説ではないか、という点である。なぜなら、同作は

〈便利屋〉という設定が置かれることで、主人公の多田がふだんの人間関係では出会えないような文化的差異、階層差、特殊な背景を持つ親子と出会うエピソードが頻出しているためである。そこで本章では、この小説に描かれたケアの関係、具体的には親子のケアのバリエーションについて、生態学的（ecological）な視点も視野に入れて論じたい。この小説で描出された親子のケアに焦点をあて、彼らが置かれた環境との相互関係に目を配る。小説中で描かれているケアは、一定のシステムのもとでの閉じられたものではなく、子ども、おとな、コミュニティにおいて変容し、それぞれが影響しつつ多様なものとなっているからだ。

本章の議論の展開は以下の通りである。第一節は小説の冒頭の効果を検討し、第二節は舞台となる郊外について考察する。第三節では親子のケアの生態を検証し、最後にケアにおける闇と希望について言及する。

一　冒頭の章の効果

まずは、作者である三浦しをんの小説について考えてみたい。三浦しをんの小説をいくつか読みすすめてゆくと、私たちがふだん接し得ないような特殊な職業や仕事等に挑む主人公に出会うことが多い。『舟を編む』[*2]は、出版社の辞書編集部を舞台に、十数年以上の歳月をかけて見出し語二十数万語を収録する新しい辞書『大渡海』を完成させる話である。読者は辞書の編纂に没頭する主人公・馬締光也《まじめみつや》の姿を通して、辞書づくりの大変さやその魅力に惹きつけられる。『風が強く吹いている』[*3]は、寄せ集めの部員たちが箱根駅伝を目指す話である。『月魚』[*4]は、古書店の若い当主と、同じ業界に身を置く友人の物語であるし、『仏果を得ず』[*5]の主人公は、人形浄瑠璃・文楽に情熱を傾ける若手太夫《たゆう》だ。一つの仕事や高い目標に挑む主人公を描き、彼らが取り組んでいる職業や挑戦、その魅力について、読者は知ることになる。これらの小説は、いわば、主人公が挑んでいる専門領域についてのハウツーもの、あるいは手引書としての側面を持ち合わせ、かつその世界、業界の魅力を十全に伝えるものとなっている。そこに友情、恋愛などの人間関係が絡み合い、主人公の感情の機微が丁寧に描かれる。本章で取り上げる『まほろ駅前多田便利軒』においても例にもれず、読者は便利屋という仕事内容について詳しく知ることができる。しかし、この小説では、掘り下げて読んでゆくと、依頼された仕事が、ある一つのモチーフに関連づけられていることがわかってくる。この点について考えるために、まずは、この小説の冒頭の章を取り上げてみたい。

冒頭の〇章の章名は、「曽根田のばあちゃん、予言する」である。この小説は六章から構成されているのだが、この章はいずれの章にも属しておらず、一章の前にオプションのように置かれている（参考までに、四章の後ろにも、「四・五章」という半端な章がある）。同章の効果についてG・ジュネットによる時間に関する考察の「先説法」[*6]を参照すれば、「予言」という語句に含まれているのは、これから起こる事柄を先取りして語っているということだろう。物語の現時点に対して、その後に生じる出来事をあらかじめ喚起するのだが、それは一体何であるのだろうか。

〇章「曽根田のばあちゃん、予言する」において依頼された多田の仕事は「息子の代理」である。便利屋の多田が、息子のふりをして、入院している曽根田のばあちゃんの見舞いにいくのである。再度述べれば、便利屋とは客の依頼を受けて様々な雑用を代行する業者である。依頼される仕事は、引越し手伝い、清掃、修繕などから、コンサート・チケット取り、電話番、犬の散歩など多種多様である。この小説が〈便利屋〉という舞台設定である限り、仕事の依頼内容はどのような種類のものでもありえたはずだが、なぜ〝オプション〟の冒頭では〈息子の代理〉の仕事が選択され、描かれるのだろうか。見舞いに来た多田を見て、看護師は「曽根田さん、いい息子さんでよかったわねえ。またお見舞いにきてもらったの？」と声をかける。そのとき多田の心には次のような思いが立ち上がっている。

本当にいい息子なら、年老いた母親を病院に放り込んだまま正月を迎えたりしないし、あかの他人に、代理で母親の見舞いをさせたりしない。そう思うが、しかし自分があかの他人だからこそ、のんきに綺麗事を言えるのだということも、多田にはわかっていた。（〇）

種々雑多な便利屋の仕事の中で、ある一つのエピソードが選択されること――ここでは、この小説の主題と関わってくると想定される。いわば小説の冒頭に〈ケア〉のエピソードが置かれていることは、続く一章から始まる同小説のモチーフも〈ケア〉にあるということを暗示している。というのは、後述するように各章のエピソードにおいても同様なモチーフが見受けられるからである。参考までに映画版の『まほろ駅前多田便利軒』の冒頭は、「まほろ」という舞台についての状況説明であり、小説の冒頭とは異なる。

しかしながら、同時に注意しておきたいことは、多田は〈息子の代理〉をさせる依頼を一面的に批判するのみではないことである。自分が「あかの他人だからこそ」暢気に綺麗事を言える、と気づいていることは、ケアにおいては当事者でなければわからない何かがあることを示唆している。そして、その人間関係は「まほろ」という地理とも関連づけて描出される。この点について、次節から考察してゆきたい。

二　「郊外」における親子のケア

舞台設定としての「まほろ市」のモデルは、町田市である。三浦しをんが暮らしてきた場所でもある。実際、町田市の文学館等ではこの小説／映画についての展覧会がたびたび開催されてきた。[*7]小説では「まほろ市」に住んでいる人々が、その地理的条件によって、確固とした固有性を持ちえないこと、定まらないことが示唆されている。

　　まほろ市民はどっちつかずだ。

> まほろ市は東京の南西部に、神奈川へ突きだすような形で存在する。東京の区部から遊びにきた友人は、まほろ市に都知事選のポスターが貼ってあるのを見て、「まほろって東京だったのか！」と驚く。（二）

ここでは、「郊外」の問題が言及されているようだ。

『まほろ駅前多田便利軒』というタイトルに着目するとき、この小説は「まほろ」という舞台と、主人公多田の職業が小説読解の手掛かりとなることがわかる。この点を裏書きするように、小説中には、多田がまほろの地図を広げ、まほろ市についての考察にふけるシーンが描かれている。

> 時間に余裕があるときにこそ、自分が働く地域について、深く学んでおくべきだ。それがまた、次の仕事につながる。
> なにもすることがないから、手近にあった地図を広げてみただけなのだが、多田はもっともらしい理由をつけて、再びまほろ市についての考察にふける。
> （傍点は引用者による。以下同じ）（二）

多田は、まほろの市民についても考察する。

おおげさに言えば、まほろ市は国境地帯だ。まほろ市民は、二つの国に心を引き裂かれた
人々なのだ。（中略）
それで、まほろ市民がどうしたかというと、自閉した。外圧にも内圧にも乱されない心を希
求し、結局、まほろ市内で自給自足できる環境を築いて落ちついた。
まほろ市は、東京都南西部最大の住宅街であり、歓楽街であり、電気街であり、書店街であ
り、学生街だ。スーパーもデパートも商店街も映画館も、なんでもある。
（中略）
外部からの異物を受けいれながら、閉ざされつづける楽園。文化と人間が流れつく最果ての
場所。その泥っこい磁場にとらわれたら、二度と逃れられない。　（二）

主人公の多田や行天もまほろ市の磁場の中に生息する人物として描かれている。二人は「東京郊外にある、三十万人が暮らすまほろ市のほかに」（一）帰る場所をもたない。読者に提供されたまほろ市についての情報が実在の町田市をモデルとしていても、右記の描写から窺えるのは、まほろ市というのがまるで生きている生態系のようなイメージで覆われていることではないだろうか。多田の便利屋の仕事が「地元密着型」（一）であるように、まほろの環境に捉われた人々はまほろから離れられない。異物を受け入れつつも閉ざされるというイメージは、放射状に根が伸び多岐にめぐらされた雑多な事物が蠢いていている様態を想起させる。閉ざされつつも、その枠内は流動的で確固

としたコミュニティを持ちにくい。だからこそ「そんなことは自分でやれ、と言いたくなるような依頼」（三）で、多田の便利屋の職業は成立する。したがって、便利屋の多田は、多種多様な人々と遭遇し、関わり、この小説は様々な階層の、一定のコミュニティに規定できない社会や文化背景を持つ人々の日常を描出するものとなっていよう。

では、『まほろ駅前多田便利軒』には、〈郊外の文学〉としてどのような特質が見えるのだろうか。まずは「郊外」について考えてみたい。

「郊外」の定義は曖昧であり、諸説ある。もともとは都市の外縁地域に位置する人口の多い地域や、都心から離れた緑の比較的多い一戸建ての多い場所を指すことが一般的であった。いわば都市で働く人々の増加とともに都心の近郊に形成された、都心に通勤する人々の居住に特化した住宅地が想定される。都市の近くであっても、そこから人々が都市に通勤しない農村は「郊外」といえず、郊外とは単に都市の近郊ではない。[*8]第二次世界大戦後は、大都市の周辺にはベッドタウン（bedroom community）としての郊外が形成され、オフィスや商業施設など独立した都市機能を有する周辺都市（エッジシティ）が登場する。しかし、近年はタワーマンションの建設、就業意欲の強い女性の増加等の要因により、東京二三区など都心の人口増加が生じ、[*9]「郊外」の定義は揺れ動く。従来「郊外」で生じていた問題が、都心でも生じているからだ。社会学者・若林幹夫によれば、[*10]ニュータウン（団地）や新興住宅地も郊外であり、中吊り広告の事例で明らかなように、そこではその地域の歴史や伝統、風土に無関係なイメージが創生される。たとえば、電車の吊り革広告や新聞の折り込み広告、ポスティングの広告などで、カタカナ混じりの名前が付けられた新築マンション（群）が「強調表示」で宣伝されているものを見た経験があるかもしれない。所在地については読めないほど小さく書かれた「打消し表示」であり、その地域固有の歴史や風土と決別するような新たなイメージが演出されていることに気づく。そこでは、個人商店などの昔ながらの商店街が潰れ、フランチャイズのコンビニエンスストアやスーパーがそれに取って代わる。ロードサイドにはお馴染みの大型ショッピングモールが立ち並ぶ。そこに住む人々については、核家族化、人間関係の希薄化、ときには、少年犯罪の多発等、「郊外批判論」ともいうべき紋切型のナラティヴが形成される。また、数年前には、ニュータウンの過疎化が問題となった。たとえば『まほろ駅前狂騒曲』ではまほろにある団地が築四〇年近くを経て、かつての子どもたちが成人して団地を出てゆき、いまや老齢となった親世代ばかりが住んでいる風景が描かれる（二）。

では『まほろ駅前多田便利軒』に描かれた〝郊外〟の記述はどのようなものだろうか。

林田町は、最近ではショッピングモールができ、大型マンションが次々と建設されている地区だが、まほろ市のなかでも辺鄙な場所であることにちがいはなかった。（三）

まほろ市の辺鄙な場所でも、郊外の風景がもはや特殊な環境ではなく、日本社会の縮図となっている。批評家の宇野常寛は、現代の文化を象徴する空間は、固有名をもった特定の都市ではなく名もなき「郊外」なのだと述べる。[*11] どれほど、私たちが車を走らせても、そこでは「同じ」風景が並ぶのだと。それは、私たちは〈いま・ここ〉からどこにも行けないことを意味する。たとえば、旅行に出かけて、ドライブインに立ち寄ったとき、既視感のある風景が広がっていると感じたことがあるかもしれない。確かに移動したはずなのだが、見慣れた看板の店舗が並んでおり、自分のいる場所が〈ここ〉であると確固たる自信が持てない感覚を抱くこと、そしてめまいに襲われたように感じること。自分は既存のコミュニティから抜け出してきたはずなのに、依然として同じ風景の中にとどまっているように感じられる。宇野は、滝本竜彦『ネガティブハッピー・チェーンソーエッチ』(二〇〇一)を俎上にのせて論じるのだが、このように郊外の想像力が反映されていない小説、すなわち従来の郊外小説の形式を無批判に継承するだけの小説については評価に価しないと述べる。郊外の小説が文化批評となるためには、この郊外=匿名かつ無場所的な文化空間において、私たちがどのような想像力を駆使し、どのような表現を獲得できるのかという問いが必要だという。それゆえ、小説と都市空間を無意識の観点から鋭く論じた前田愛の仕事も、現代においては再検討が必要だと述べる。かつては都市や街自体に意味があることが前提とされ、テクストの強度もそこに宿っていたが、現在は都市が無場所化、匿名化しているためである。郊外の文学[*12]であることの条件は、舞台として郊外が関わっているかではなく、小説の中で「郊外的な想像力」がいかに実現されているかであるという。

では、『まほろ駅前多田便利軒』では「郊外的な想像力」と親子のケアはどのように関連づけられているのだろうか。同作では、塾帰りに親の車の中でコンビニの肉まんを食べ、その包装紙を車の窓から捨てる子どもが登場する（三）。その子どもを見て多田は叱りつけるのだが、表面的な人間関係を主とするコミュニティでは多田のように見知らぬ子どもを叱る大人は珍しく、それゆえ彼が「常識人」として設定されていることがわかる。次に、多田の視点から語られる『まほろ駅前多田便利軒』の親子はどのようなものとして表現されているのか、具体的に見てゆきたい。

三　生態学的視点からみた親子のケア

『まほろ駅前多田便利軒』は、前述したように主人公の多田および行天が〈便利屋〉の仕事を通して、ふだんの人間関係では出会えないコミュニティに属する人々の、プライベートな領域に足を踏み入れてしまう物語である。自分とは異なったコミュニティの人々と関わるからこそ、多田にとっては理解しがたいような親子関係も目にすることになる。そして、本章で注目したいのは、『まほろ駅前多田便利軒』で描かれる〈便利屋〉の仕事のエピソードのほとんどが、様々な背景を持つ親子のケアを記述していることである。結論を先取りすれば、それは「郊外批判論」という紋切型のナラティブに収まらず「当事者でなければわからない何か」として描出されている。この意味において、この小説は、親子におけるケアの生態系としての様相がみえるのだ。

その典型的な場面は、三章「働く車は、満身創痍」である。進学塾に通う息子の迎えを依頼される話である。多田と行天が夜の九時頃に駅前に行き、渋滞に巻き込まれるが、それは塾帰りの子どもの迎えの車によるものだった。郊外化がもたらした教育熱については、多田が次のように述べる。

「市内に、でかいマンションが次々できてるだろ。小学校のガキがいるような若い夫婦にとっては、通勤圏内の手頃な物件なんだ。似たような家族構成の人間が同じマンションに集えば、教育熱に拍車がかかる」（三）

しかしながら、多田に依頼した母親は〝郊外化がもたらした教育熱〟という捉え方から逸脱する人物であった。母親に面会に行ったとき、多田は異なる印象を抱いている。

行天は、依頼の電話をかけてきた女を「教育ママゴン」と評したが、多田は実際に女と会ってみて、べつの印象を抱いた。（三）

仕事で帰宅が遅くなる母親が塾の迎えを多田に依頼した理由は、マンションの近くで不審者が目撃されているためというものであった。その話を聞いた多田は「不審というなら、電話帳で目星をつけただけの便利屋だって十分不審だ」（三）と思い、自分だったら、汚いつなぎを着て脳天でちょんまげをしている風体の自分たちに大切な息子を託そうとは思わないと心の内で首をかしげる。いわば母親とその息子・由良《ゆら》の関係は、郊外化による教育熱という理由で説明がつくものではなく、そこには個別の事情があることが暗示される。息子の由良は、母親を次のように評す。

「母さんは、俺を心配してるんじゃないよ。俺に興味なんかないんだから」（中略）「同じマンションのやつらは、親やお手伝いさんが塾の送り迎えをしてるんだ。母さんはそれを知って、見栄を張りたくなっただけだ。『うちだって、息子の迎えを頼むお金ぐらいある』ってことを、近所に見せたいだけだよ」（三）

由良が母親を評す言葉からは、「郊外批判論」の紋切型――マンション住まいがもたらす均質化の中での差異化――「見栄」の問題が提示されている。しかし、由良にとって深刻である事柄は、母親からの愛情不足であることがわかる。実際、多田は「子どもたちは、親の愛情と保護を待っている。この世にそれしか食べ物がないかのように。いつも腹をすかして貪欲に求めている。それなのに、彼らに与えられるものは少ない」「自分の子どもをいないもののように扱い、ろくに注意を払おうとしていない」（三）と考えている。小説内では、由良が好んでみるテレビアニメとして『フランダースの犬』が引用される。原作はイギリスの作家・ウィーダによる児童文学で、小さな農村に祖父と老犬と暮らし、村人から虐げられつつもいつの日か画家になることを夢みる貧しい少年ネロの悲劇を描いた話だ。テレビアニメの最終話では、大聖堂のルーベンスの絵の前で、老犬を抱きしめたまま亡くなるネロが天使によって天に召される。由良が『フランダースの犬』を好む理由は「ネロに親がいないところ」（三）であった。また由良はこのテレビアニメを見て「親が最初からいないのと、親に無視されつづけるのと、どっちがまし」（三）であるのか考える。便利屋の多田は、自分の考えを由良に伝える。由良の母親は、由良を無視しているわけではない、由良が期待するのとは興味のありかが少しずれているのだと。すなわち、由良の母親は、郊外化によって増えてきた教育ママ、あるいは子どもに対する適切な養育をしないネグレクトの範疇に収まるものではなく、「子どもへの興味がほかとは異なっている」という個別のケースが仄めかされているのであろう。ここで生態学的視点——生物と環境が織りなす多様な関係——からのケアに着目したい。たとえばリハビリが必要な人がいたときに障害の重軽度のみではなく、患者の置かれた環境を考えながらリハビリ内容を定めてゆくことである。子どもを対象とするときには、家庭や学校、地域など子どもと関わりのある環境との相互関係をもとにケアを与えることを想定している。学校教育などで、同一教科書で一律の進度で教えるという方法をとらず、子どもが置かれた環境に応じて個別に教育内容を変更することは、生態学的アプローチの取り組みの一つと捉えることができる。

　それでは、ほかの章の、便利屋の仕事のエピソードについて確認してみたい。一章「多田便利軒、繁盛中」は、帰省する家族のペットを預かる内容である。ここでは、子どものメタファーとしてペットが登場しているようだ。多田は、ペットホテルの代わりにチワワを預かったのだが、後にそのチワワは依頼主の夜逃げのために捨てられたことが判明する。多田は新たな飼い主を探す。二章「行天には、謎がある」では、チワワの飼い主として、行天が風俗店で働いている娼婦のハイシーとルル（自称コロンビア人）を選ぶ。選んだ基準は次のようなものであった。行天は言う。


「多田。犬はねえ、必要とするひとに飼われるのが、一番幸せなんだよ」

（中略）

「あんたとって、チワワは義務だったでしょ」

（中略）

「でも、あのコロンビア人にとっては違う。チワワは希望だ」（二）

また、誰かに必要とされることは、誰かの希望になることだと言い添える。この行天の言葉は、多田の「便利屋」の仕事内容を想起させる。便利屋とはだれかに「必要」とされ、手助けする仕事だからである。しかしながら、多田の仕事がもたらすものは「希望」よりはむしろ「救い」に近い。なぜなら五章で身辺警護を依頼された高校生・清海《きよみ》から、多田が車の営業をやめて便利屋になった理由を尋ねられたとき、多田は次のように答えているからだ。「だれかに助けを求めることができたら、と思ったことがあったからだ。近しいひとじゃなく、気軽に相談したり頼んだりできる遠い存在のほうが、救いになることもあるのかもしれない」（五）。また、いやがる行天を銭湯に連れてゆこうとするとき、チワワよりも行天は手がかかり、多田は「子育て」(三)という言葉を思い浮かべる。多田がチワワのケアから子育てを連想することや、チワワの飼い主探しのエピソードが意味するのは、〈ケア〉の問題と考えられる。そしてここでの「子育て」は、ケアギバー〈ケアを与える人〉の置かれた状況に応じて含意が異なるという視点、ここでも生態学的視点がもたらされている。一方にとっては「義務」であるケアは、他方には「希望」となる。

四章「走れ、便利屋」は、様々な環境下の多様な子育てのエピソードが満載である。章の冒頭で多田が墓参りする場面があるが、これは後に判明するように、血が繋がらない子と親の関係についての言及となっている。その後バスが間引き運転をしているかどうかを調べる依頼を受けた多田は、熱中症にかかり、偶然通りかかった行天の元妻の凪子と娘のはるに出会う。凪子は、行天が子どもを嫌う理由は両親から虐待を受けたためだと言う。「彼は子どもがこわいんです。自分が子どものときに、どれだけ痛めつけられ、傷つけられたかを、ずっと忘れられずにいるひとだから」(四)。凪子は、行天が、親に虐待されて死ぬ子どもは多い一方で、虐待した親を殺す子どもがあまりいないのはなぜかと口にしていたと述べる。その後、凪子は、娘のはるを産んだ経緯を語る。

「私には、ずっと一緒に暮らしているパートナーがいます。現在の日本では、婚姻関係にある男女しか、不妊治療を受けられません。養子をもらって育てることもできない。私とパートナーは、とても迷ったし、悩みました。どちらかが適当な男性とセックスすることも考えた。でも、やってできないことはないかもしれませんが、したくありませんでした。春ちゃん（行天――引用者注）は、私たちの事情を全部知ったうえで、協力すると言ってくれました。（後略）」（四）

行天とは、多田にとって不可解な行動をする同級生＝同居人であった。しかし行天の名前を「希望」を抱いて呼ぶ凪子の存在に気づき、多田は心が強く揺さぶられる。行天の娘のはるは、凪子とパートナーにとって「喜びの具現」であり、二人に抱きしめられる存在である。娘のはるが幸せに暮らしていることは、はるが多田の手と凪子の手を当然のように繋ぐ場面からもわかる。多田は「一般的ではないが幸せな家族の姿」を思いつつ目を細める。ここでは、「一般的」ではない親子関係における〈幸福な親子のケア〉が描出されているのである。付言すれば、本章で〈親子のケア〉と述べているものは、子どもが受けるケアのみに限定されない。凪子は「はるのおかげで、私たちははじめて知ることができました。愛情というのは与えるのではなく、愛したいと感じる気持ちを、相手からもらうことをいうのだと」（四）という。親もまた、子どもから幸福なケアを受け取る様子が描出される。

五章「事実は、ひとつ」は、高校生・園子による両親の殺人事件についてである。多田は、園子の友人である清海の身辺警護を依頼される。園子と清海のそれぞれの親子のケアは尋常ではないものとして描出される。園子は父親から虐待を受けるが、母親は見ないふりをしていた。清海は多田の事務所にいる三日のあいだ自宅へも学校にも行かないが、清海の親は娘の動向に無関心である。

一日に一度「友だちの家にいる」と電話で報告すれば清海の親は納得する。清海の親の対応は、多田において「信じられないこと」として描かれる。そして、両親の殺人事件が語られる五章においては、重要なのは園子の親殺しが、行天のｉｆの世界、つまり〝行天の可能態〟として設定されていることではないだろうか。前述のように、元妻の凪子は行天が親を殺しているのではないかと危惧し、まほろにやってきた。行天は、親を殺した園子に関して「親を殺す人間に興味がある」（三）と述べていることからもこの設定は明らかである。行天はテレビアニメ『フランダースの犬』について「あのアニメを見て、親がいないってなんてすばらしいんだろうと思った」（三）と述べている。つまり、これらのエピソードは、行天もまた親殺しの可能性があったということを示唆している。そして、続く六章では、〝多田の可能態〟が示されている。

六章「あのバス停で、また会おう」は、産院での赤ん坊の取り違えがもたらした、血の繋がりのない親子の話である。納屋の片づけを依頼された木村家からの帰り道、多田と行天は、木村夫婦が自分の「生みの親」だと確信する男性・北村と出会う。北村は、木村家の夫婦の様子や息子との関係を教えてほしいと多田に依頼する。だが多田は断固として拒絶する。多田は、北村に言う。

「血液型によって血の色にちがいでもあるんですか。ＤＮＡが目で見えるんですか。そんなものにこだわるより、もっとたしかなのは、あなたをかわいがって育てたひとがいるってことだ。それではいけませんか」（六）

多田がこのように拒絶するのは、北村の存在は、多田の、亡くなった子どもに重なるからではないだろうか。多田は行天に告白する。結婚していたとき、妻はある男性と関係を持ち、その直後に妻が妊娠した。妻は多田に「あなたの子だ。信じてほしい」（六）と言いつつも、赤ん坊が生まれた直後にＤＮＡ鑑定をしようと言い出す。多田は、赤ん坊は自分の子であると言い、ＤＮＡ鑑定に同意しない。その一か月後、多田が添い寝しているときに赤ん坊は亡くなる。妻は、多田が赤ん坊を自分の子どもだと信じず、赤ん坊が苦しんでいても黙って見ていたのだという。妻は半狂乱のまま多田をなじることを繰り返し、二人は離婚する。

亡くなった子どもの記憶から多田は逃れられない。しかし、多田はのちに、北村に向かって木村家の様子を伝えようとする。多田が北村に伝えられなかった理由は、次のように多田の心のうちで語られている。

> 木村夫妻を、自分の家族として選び直したがっているのではないかと、こわかった。それは多田の希望を打ち砕く行為だったからだ。多田にとって北村は、死んでしまった赤ん坊の、ついに迎えることのなかった未来を体現する存在だった。
>
> 血をよりどころにせず、つながった家族。
>
> たとえ自分の子ではなかったとしても、多田は愛したかったし、愛されたかった。妻と子ど

もと幸せにやっていけるのだと、一生をかけて証明したいと願っていた。心から。　（六八）

北村は、血の繋がりがないとわかっても、自分にとっての親は育ての親以外にはないし、育ての親も北村を自分の子と言ったのだと多田に伝える。

以上のように、『まほろ駅前多田便利軒』は様々な背景を持つ親子のケアが記述された小説である。進学塾に通う由良と彼の母親は「ショッピングモールができ、大型マンションが次々と建設されている地区」（三）に住んでいるが、そこには郊外化がもたらす教育熱とは別の位相にある関係性が見えた。多田と行天は「似たような空虚」（四）を抱えつつも、行天は「確実にだれかを幸せにしたことがある」、つまりだれかに幸福なケアをもたらしたことがあったが、多田にはそれがなかった。行天がもたらした凪子の家庭の幸福なケアは「一般的な関係ではない」ものであった。北村には、血縁をよりどころとせずとも、育ての親との幸福なケアの関係が見受けられた。しかし、北村は血縁上の両親について「そりゃあ、今後絶対に会いたくならない、とは断言できません。でもいまは、安心したし、満足です」（六）と述べる。ケアは、人が生きている限り、常に変化し、その都度（微）調整も必要なのである。

『まほろ駅前狂騒曲』においては、ケアの喜びが、子どものケアをする大人の視点から生じるものではない事柄として描かれることも注目される。多田は凪子の四歳の娘・はるを一か月半ほど預かり幸福感を得るが、それは「子どもと暮らしている」ことではないと考える。そうではなく「はるちゃんと俺の相性が、案外いいからだ」と結論づける。〈子どものケアをする幸福〉という自明の物語ではなく「相性」なのだと。ここにも、ケアにおける多様な要素の関係性、生態的な視点がみえてくるだろう。そして、シリーズ続編でもケアの物語が継承される。『まほろ駅前番外地』では、『まほろ駅前多田便利軒』の五章で登場した高校生・清海が飼い主募集中の子猫を飼おうとする。母親に相談するが母親は猫に興味もなく、自分を一度も見ないまま「好きにしなさい」と言ったと泣き声をあげる。ここでは『まほろ駅前多田便利軒』で描かれたチワワの飼い主探しのエピソードと、由良にみられた親からの愛情不足の子どものモチーフが繰り返されている。『まほろ駅前狂騒曲』では、凪子の娘のケアをする中で、多田は後述の元妻に対しての「闇」から解放されてゆく(六)。同作には、母親から「虐待」を受けていた子ども時代の行天を彷彿とさせる小学生・裕弥が登場する。裕弥は行天の言葉から無農薬野菜の栽培と販売の団体に熱中する母親の愛情について疑問を持ち、「相手の求めるものがなんなのか、想像し、聞き、知り、応えようとすること」が「ふつうに愛する」ことだと明確に把握する。そして行天も、四歳児・はるに対するケアを通じて、子ども時代の記憶がもたらす「闇」(六)から逃れてゆく。

『まほろ駅前多田便利軒』は、血縁をよりどころとしない家庭で育った北村の存在が、多田の「希望」となったことで閉じられる。しかし「希望」は、「闇」とともに描かれることでその光を強固に放つのだろう。

おわりに――ケアの闇と希望

作家三浦しをんは、小説『光』[*13]で人間の心の闇を突き詰めて表現しているが、『まほろ駅前多田便利軒』においても、多田の語りを通して心の闇の描出が散見される。子どもの墓参りをするとき、多田は、自分が墓参りした痕跡を残さないようにする。「忌日ごとに罪の記憶と向きあいにくる彼女（元妻――引用者注）に、同じように忘れられずにいるままの自分の気配を、感じさせるわけにはいかなかった」（四）と考えるためだ。そして「忘れよう、あれは事故だったんだ。だれが悪いわけではなかったのだと、きみも俺も知ってるじゃないか。俺も自分を赦す。だからきみも、きみ自身を赦してくれ」（四）と元妻に伝えたい気持ちを持つ一方で、やはり「永遠に赦されるな」と思い、毎月墓地へ足を運ぶ元妻のことを考えて「暗い喜び」（四）を感じる。子どもが生まれたとき、妻が提案したＤＮＡ鑑定をしなかったのは、真実を曖昧にすることで、妻を苦しめたいという「意地の悪い気持ち」（六）があったからだという。多田の心の闇のほとんどは、失った子ども、そして同じ闇を抱えている元妻に関わるものである。そして、親から虐待を受けてきた行天にも自分と同様に心の闇を見出す。「多田と行天は、たぶん似たような空虚を抱えている。それはいつも胸のうちにあって、二度と取り返しのつかないこと、得られなかったこと、失ったことをよみがえらせては、暴力の牙を剝こうと狙っている」（四）、「深い深い暗闇に潜ったことのある魂、潜らざるをえなかった魂」（四）は二度と救われない、と。多田は、かつて愛情を注ぐ機会を自らの「不注意」（三）で摘み取ってしまったと考えている。

したがって、便利屋の仕事を始めた理由も、身近な人ではなく「遠い存在」の方が「救いになる」と考えた。多田は、身近な存在によって、魂が深い闇に潜ってしまっているからだ。

しかし、この小説では、多田が、様々な親子のケアに関わることによって、心の闇から解き放たれてゆく様子もまた見えるようだ。それは、行天の失われた小指に象徴されている。

行天の小指の事故についても、多田の心の暗闇＝悪意が関わっている。多田は、清海に告白する。高校生の頃、多田は行天を嫌い、工芸の時間にわざと椅子を出しっぱなしにした。誰かが椅子につまづいて行天にぶつかることで、行天を驚かそうとしたのだと。その結果、裁断機を使っていた行天の指は切り落とされて、元にはもどらなかった、と述べる。

しかし行天は多田に言う。小指の傷はふさがっている。「すべてが元通りとはいかなくても、修復することはできる」（六）のだ、と。多田は行天のこの言葉の受け入れを拒否し、行天に事務所から出てゆくように告げる。「身近な存在」を拒んだのだ。しかしながら、そもそも多田は、親の愛情不足に苦しむ由良に次のように語っていた。

「いくら期待しても、おまえの親が、おまえの望む形で愛してくれることはないだろう」

（中略）

「だけど、まだだれかを愛するチャンスはある。与えられなかったものを、今度はちゃんと望んだ形で、おまえは新しくだれかに与えることができるんだ。そのチャンスは残されている」（三）

そして、血縁による家族を選び直さなかった北村と関わることで、多田は「知ろうとせず、求めようとせず、だれともまじわらぬことを安寧と見間違えたまま、臆病に息をするだけの日々を送るところだった」（六）と気づく。そして、行天の小指が白い線でつながっていることを認識する。


失ったものが完全に戻ってくることはなく、得たと思った瞬間には記憶になってしまうのだとしても。

今度こそ多田は、はっきりと言うことができる。

幸福は再生する、と。

形を変え、さまざま姿で、それを求めるひとたちのところへ何度でも、そっと訪れてくるのだ。（六）

『まほろ駅前多田便利軒』は、親子のケアについて「元通りは不可能でも修復可能な幸福」（六）を読者に届けて、大団円を迎える。

『まほろ駅前狂騒曲』では、多田は便利屋の仕事でいろいろな家庭に入りながら次のように考える。「ひととひととのつながりは、本当に多種多様で謎だらけだ。便利屋としてたくさんの家にお邪魔し、さまざまな夫婦や恋人や親子の関係を目にしたが、同じ形はひとつもなかった」（一）。「まほろ」のような郊外と呼ばれる地域は、農村や伝統的な地域とは異なり、住民たちの多くにはその地域に結びつく必然的な契機が存在しない。若林幹夫は、郊外に住む人々にとって、その地域に居住することは、都心に通勤可能であることと同程度の条件等で選択された「偶有的」な事態だという。*14『まほろ駅前多田便利軒』は、〈便利屋〉という仕事を媒介にして、「偶然」の人間関係のプライベートな領域に個別に関わってゆくことで、人と人とが深く繋がってゆく物語を紡いでいる。

＊作品本文の引用は以下に拠る。
三浦しをん『まほろ駅前多田便利軒』（文春文庫、二〇〇九）
三浦しをん『まほろ駅前番外地』（文春文庫、二〇一二）
三浦しをん『まほろ駅前狂騒曲』（文春文庫、二〇一七）

※本章は「三浦しをん『まほろ駅前多田便利軒』――ケア小説としての可能性」（『専修国文』第一〇四号、二〇一九・一）を一部改稿したものである。

1――アスミック・エース『まほろ駅前多田便利軒』映画公式サイト（https://www.asmik-ace.co.jp/lineup/2172、

二〇一八年九月二三日閲覧）。
2――三浦しをん『舟を編む』（初出『CLASSY.』二〇〇九・一一～二〇一一・七）。
3――三浦しをん『風が強く吹いている』（新潮社、二〇〇六）。
4――三浦しをん『月魚』（角川書店、二〇〇一）。
5――三浦しをん『仏果を得ず』（双葉社、二〇〇七）。
6――ジェラール・ジュネット『物語のディスクール』（花輪光・和泉涼一訳、水声社、一九八五）。
7――「ごちゃまぜ、町田再発見　若手作家が紡ぐ「郊外」　市民文学館で企画展」（『朝日新聞』二〇一六・五・二〇、朝刊）など。
8――若林幹夫『郊外の社会学』（筑摩書房、二〇〇七）。
9――三浦展『都市集中の真実』（筑摩書房、二〇一八）。
10――注8に同じ。
11――宇野常寛「郊外文学論」（『思想地図β』Vol.1、二〇一一・一）。
12――石原千秋「郊外を切り裂く文学」は、田山花袋「少女病」が駅からの通勤時間や距離において階層化されていることを指摘し、郊外を描く作家として重松清をあげている（吉見俊哉・若林幹夫編『東京スタディーズ』紀伊國屋書店、二〇〇五）。
13――三浦しをん『光』（集英社、二〇〇八）。
14――若林幹夫「郊外を生きるということ」（注12『東京スタディーズ』）。

コラム③

定型化された「家族」のイメージを批評する　是枝裕和監督『万引き家族』など

米村みゆき

映画『万引き家族』（二〇一八）でカンヌ国際映画祭の最高賞であるパルム・ドールを受賞したドキュメンタリー出身の映画監督・是枝裕和（一九六二〜）は、私たちが持つ「家族」の定型化されたイメージについて批評し続ける映画監督だろう。既成概念にとらわれない「家族」のかたちを描いているのだと言い換えてよいかもしれない。

『誰も知らない』（二〇〇四）は、一九九八年に東京都で起きた「西巣鴨子ども四人置き去り事件」を題材にした映画である。実際の事件では父親は長男が幼い頃に蒸発し、母親はデパートで働きながら何人かの男性と知り合っては妊娠、自宅出産を繰り返す。子どもはいずれも出生届が出されておらず、学校へも通ったことがない。長男が一四歳になったころ、母親は恋人と暮らすために四人の子どもを置いて家を出たため、子どもたちは母から時折送られてくる現金書留を頼りに生活を続ける。三女が長男の友達からの暴行で死亡すると、長男は遺体を雑木林に埋める。六か月後この事件が発覚し、家族の絆が希薄になっている都会の闇を象徴する出来事として報道される。その批判は子どもを置き去りにした母親に集中するが、是枝は一連の報道に対して疑問を抱く。妹は兄（長男）が優しかったと発言していることを耳にしたからだ。長男の優しさは、母親が子どもに接してきた態度によるもので、母子の間には報道からは窺い知ることのできない豊かな関係もあったのではないか、子どもたちだけの暮らしにおいても物質的な豊かさとは異質の、ある「豊かさ」を私たちは想像する必要があるのではないかと考えたのだ（『映画を撮りながら考えたこと』二〇一六）。

映画『そして父になる』（二〇一三）は、「赤ちゃん取り替え事件」をモチーフに、出産の六年後に病院で取り違えが発覚した二組の家族が、子どもと親との絆は「共に過ごした時間」なのか「血縁」なのかと葛藤する話である。

映画『海街 diary』（二〇一五）は、三姉妹の住む鎌倉の家にやってきた中学一年生の異母妹が姉たちとの共同生活を経て家族の絆を深めてゆく話。吉田秋生の同名漫画を映像化したものだが、いわゆる「母が重い」と感じる娘が描出され、心理学者の信田さよ子が表した母娘関係の葛藤、いわば、母親の支配から逃れたいと思いつつ、同時に罪悪感も背負ってしまう娘たちや、毒親（コラム⑤参照）についても描かれる。

映画『万引き家族』において印象深いシーンの一つは、主役の信代が女性警察官・宮部から「子供を産んだ母親が羨ましかったから誘拐したのか」と問われるところだろう（以下、引用は監督自身による映画ノベライズより）。宮部は信代に言う。「こどもにはね、母親が必要なんですよ」「あなたが産めなくて辛いのはわかるけどね」「うらやましかった？　だから誘拐したの？」と。宮部は信代にむかって詰問を続けるのだが、宮部のセリフはただ虚しく響くばかりである。なぜか。宮部は信代と同年代であり、ひとりの母親でもある。そして、「自分の中の〝母親〟がこの女を許してはいけない」と考えている。宮部において「母親」は確固たるイメージとして存在し、それは揺らぎのない自明のものとしてあるからではないだろうか。「母親」のかたちは多様であるという事実に対しての想像力が欠乏しているのである。だからこそ、信代は宮部に対し「どうせあんたみたいな人には、わからないだろうけど」と心の中でつぶやくのである。

『万引き家族』は、親の死亡届を出さずに年金を不正に貰い続けていたある家族の事件をもとに作られた映画である。映画の最終場面、信代への取り調べは、誘拐、死体遺棄、年金詐欺に及ぶが、同映画は物語が進行するにつれて「家族」である登場人物たちの出自が明らかになってゆく仕組みとなっている。言い換えるならそれぞれの「親子関係」に焦点があてられていることがわかるのである。というのも、その「家族」——祖母の初枝、父親の治、母親の信代、信代の妹・亜紀、息子の祥太、娘のゆりの五人から構成される——は、いわゆる「疑似家族」であって、それぞれに血縁関係にある家族がほかにいるからだ。初枝以外の名前は偽名である。

『万引き家族』
劇場用パンフレット

「家族」は、三方を高層マンションに囲まれた古ぼけた平屋の一軒家に住む。ある日、万引きを「仕事」とする治と祥太が、寒空の下で部屋から追い出されていた少女・ゆりを連れて帰る。ゆりの全身にはヤケドやあざがあった。ゆりには表情がないが、それは感情のスイッチをオフにすることで自分が置かれている状況や自分に加えられる仕打ちに対して傷つかないための防衛本能であった。信代はゆりを家族のもとへ返しに行くが「私だって産みたくて産んだんじゃない」という母親の声を聞き、再びゆりを連れて帰る。それは、信代自身も母親から言われてきた言葉と同じだったからだ。その二か月後、ゆりは行方不明児としてテレビで報道されるが、ゆりは母親のもとには戻らないという。

信代は治に言う。自分たちはゆりに親として選ばれたのかな、と。通常は子どもが親を選ぶことはできないのだが、自分で選ぶ方が「家族」の絆は強いのではないか、とも言う。同僚からゆりの存在について脅されたときも、信代はゆりを「守りたい」という気持ちを持ち、脅した同僚に対して同じ「母親」の立場で共感を抱く。

しかし、同映画は信代の「母親」としての感情について、手放しで肯定するように描いてはいない。なぜなら警察官・宮部からゆりの「誘拐」について尋ねられたとき、信代は「産んだという事実だけで母親面をし、娘の人生を支配し、自分を捨てた母」が憎かったと述べているからだ。信代は母親から十分なケアを受けることができなかった。すなわち、信代がゆりを可愛がったのは、傷ついた自身への「修復」としての側面がほのめかされているのではないだろうか。また、初枝の視点からは、信代は「家族は血がつながっていないほうがいいこともあるのだ」と信じたがっている人物と捉えられている。初枝にしてみれば「血がつながっていると逆に、とっくの昔に終わったと思っていた感情が、じつは奥のほうに仕舞われていただけだったのだと気づくことがあるのだ」という。

血縁家族から十分なケアを受けられなかった事例は、パチンコに夢中になる親に車の中で放置されていた祥太、夫と息子夫婦に捨てられた初枝、両親の愛情が妹に注がれるために居場所を失った亜紀にも見受けられる。信代は宮部に対し、初代、祥太、ゆりを「拾った」と答える。放っておいたら死んでいたかもしれない祥太やゆりを自分は保護したのだと考える。自分の行為が罪に問われるのだとしたら、彼らを捨てた人々はさらに重い罪に問われるべきではないか、と自問する。そしてそんな信代の問いを裏書きするように、映画は最終場面、母親のもとに戻ったゆりを通して、現実の社会に対して鋭い批判の目を向けてゆく。「本当の母親のもとに戻れてよかった」という安易な物語に安住している私たちを批判するものとなっている。是枝は、私たちのイメージとは大きく異なる「家族」の見方を提供し続けている。

コラム④

「夫婦を超え」ていくには

ドラマ『逃げるは恥だが役に立つ』

飯田祐子

ここでは、家庭におけるケア労働である「家事」について、二〇一六年のメガヒットドラマ『逃げるは恥だが役に立つ』（TBS、脚本・野木亜紀子）を通して考えてみたい。原作は、海野つなみの同名漫画（講談社、二〇一三〜二〇一七）である。「契約結婚」という設定が、大きな関心を呼んだ。主人公の森山みくりは二五歳、親と同居で求職中。津崎平匡《ひらまさ》は三五歳、「プロの独身」を称している。二人が「契約結婚」に至ったそそものきっかけは、平匡宅の「家事代行」の仕事をみくりが請け負ったことにある。平匡はみくりの丁寧な仕事を気に入り、みくりもまた派遣切りにあって意気消沈していたところで、平匡に自分の仕事が評価されてやりがいを感じる。ところが、みくりの両親が田舎へ転居することを決め、一人暮らしをする経済力のないみくりも東京を離れねばならなくなる。そこでみくりが思い着いたのが、住み込みで「家事代行」をする「契約結婚」だった。平匡はその提案を受け入れ、表向きには「結婚」（ただし戸籍は入れない）、実は雇用関係という二人の生活がスタートする。

ここで注目しておきたいのは、「家事」に代金が支払われるという前提が「契約結婚」を成立させているということである。「家事」という仕事は、みくりが請け負った「代行」のように、外注されたものであれば賃金が支払われる。かつてから存在している女中や家政婦も、同様の例である。外注されれば仕事として可視化されるので、家事

は有償化する。しかしながら家族の一員が家事を担うと、その労働としての価値が見えなくなる。無償になるのである。主婦がどんなにきちんと家事をしても、それに対価が支払われることはない。さらには、家事が仕事であるということすら、認知されなくなるのである。

主婦の労働を有償化したら、かなりの額になる。みくりがドラマ内で言及していた主婦の年間賃金は三〇四万一〇〇〇円。これは「家事を行う時間だけ外で働いた場合に得られたであろう収入」から算出されている。女性の平均賃金は一時間に一三八三円なので、その専業主婦の一年分の平均労働時間（二一九九時間）の額である（白河桃子・是枝俊悟『「逃げ恥」にみる結婚の経済学』二〇一七）。平匡がみくりを雇う時にした計算は、一日七時間・二〇日分の対価として月給約一九万四〇〇〇円、ここから家賃・光熱費・食費一〇万二五〇〇円を引いて、手取り九万一五〇〇円というものだった。この額を支払うためには、年収六〇〇万円は必要である（同書、是枝による試算。ちなみに平匡の月給の手取りは四五万円と想定されている）。

「誰が食わせてると思っているんだ」という昔の家長の決めぜりふがあるが、今時こんなことを口走ったら、妻から「誰が無賃で家事をしてやっていると思っているんだ」と返り打ちにあうに違いない。しかし、そのような家長のせりふは、家庭の外と内の労働が夫と妻に振り分けられるとき、有償労働をしている稼ぎ手の立場が一方的に強くなりやすいことを示している。家事労働の不払いについては、ジェンダー不平等の一因として主婦の側から長く批判されており、代表的なものに一九六〇年代の第二次主婦論争がある。賃金の支払いを求める意見や、その分を社会保障に組み入れるべきという意見など、いろいろな方向性が検討されつつ、家事を労働として可視化し、対等に評価することが求められたのだった。みくりと平匡の「契約結婚」は、そうした議論とつながり、家事労働を可視化し有償化する試みとなっている。

みくりと平匡の関係はともに暮らすうちに変化していく。細かいエピソードの紹介は省くが、互いを「好き」になり、平匡は「入籍して、結婚」しようとプロポーズする。ところが、ここで問題が発生する。「結婚」したら、みくりに支払われていた賃金はどうなるのか。平匡の提案は、雇用契約が消えるので、みくりに支払っていた分を生活費や貯蓄にまわすというものだった。しかし、みくりは言う。「それは、好きの搾取です!」。なんとも鋭い一言である。好きだという気持ちに乗じて、払うべき賃金を払わないというのは「搾取」である。そしてみくりは心のうちで、「平匡さんの提案は、世に言う結婚そのもので、それが普通なのだ」とつぶやく。「世に言う結婚」が「好きの搾取」のもとに成り立っているという指摘は、踏みとどまって考えてみるべきものだ。不払いの専業主婦とは生活費のみが保証された状態で、「最低賃金をもらうこととイコール」だとみくりは説明する。家事をめぐる経済だけを考えれば、「契約結婚」のままでいる方が「搾取」が発生せず、二人の利害が穏やかに一致するわけで、「結婚」しない方がよいことになる。

しかし平匡は、みくりの気持ちを受け止めつつ、新たな考え方に至る。結婚関係は雇用者と従業員の関係ではなく、「共同経営者」となることではないかというアイディアである。そして二人は「共働きシミュレーション」と称して、家事の分担を始めるのだった。みくりは外で仕事を始め、家事が嫌で代行を頼んでいた平匡が家事に参加する。役割分担の線を引き直し、家庭の外の仕事も家事も、共同の関係性の中に置き直してみたわけである。二人が求めたのは、大切な人に承認され、互いを支え、親密性や共同性を育む場である。

「好き」を搾取しないためには、どのようなやり方が望ましいのか。平匡は、状況に合わせて「ライフスタイルを変えていくしかありません。模索は続きます」と笑顔をみせる。その答えは個別の関係によって、異なるだろう。同じ二人の間であっても、変化するに違いない。家事分担についてのディスカッションも見どころだった。互いに互いのケアをする関係をつくるために、私たちは、まだまだ新しいアイディアを錬っていくことができるはずだ。平匡は、入籍も必要ではないかもしれないとさらりと口にしていた。親密な関係を「結婚」という制度に組み入れるかどうかも、再考し得るだろう。

さて、結婚をめぐっていろいろな新しいアイディアを示した『逃げ恥』だが、この後におこる出来事として仄《ほの》めかされはしたものの扱われなかった問題もある。それは「育児」である。「育児」もまた家庭領域におけるケア労働の一部である。子どもが生まれた後は、「育児」にかかる時間が家事の時間に加えられる。一週間の労働時間は家事三三・七時間と育児二八時間で合計六一・七時間となり、それを先と同様の方法で試算すると、専業主婦の月給は二六万八八三六円に跳ね上がる。それを支払うのに必要な夫の年収は、なんと一二五〇万円である（同書、是枝による試算）。ベビーシッターや託児サービスは、育児労働を可視化し有償化する。家族の一員が担う育児についても、まずはその価値をはっきりと認知することが必要である。そしてまた育児についても家事と同様に、「搾取」が発生しないよう工夫を重ねていくことが大切になるだろう。正しい答えがあるわけではない。ドラマの最後には、「私たちを縛る、すべてのものから」解き放たれて「笑っていけますように」という願いが語られていた。平匡を演じエンディングテーマを歌った星野源の「夫婦を超えてゆけ～」という声も聞こえる。未来の新しい関係をそれぞれに生み出していくことが願われているのである。

第3章

弱さと幼さと未熟さと

古川裕佳

辻村深月「君本家の誘拐」『冷たい校舎の時は止まる』

辻村深月（つじむら・みづき／一九八〇～）
山梨県出身。学生時代からミステリ研究会で活動し、卒業後は地元に戻って働きながら執筆を続け、二〇〇四年『冷たい校舎の時は止まる』でメフィスト賞を受賞した。高校生の頃から書きためていた長編で、ペンネームは小説家の綾辻行人にあやかっている。小学生や大学生を主人公とした物語で若い読者の心を捉えつつ、次第に大人の葛藤を描くようになると、『ツナグ』（二〇一〇年）で吉川英治文学新人賞を、『鍵のない夢を見る』（二〇一二年）で直木賞を受賞して、実力を示した。

はじめに

辻村深月は多作であり、また作品も幅広いテーマにわたっているのだが、その作風としては、ミステリとSFのテイストを含み、人物の心の闇と光の両面を丁寧に描く青春小説の流れと、東京に違和感を覚えながら生きる地方出身の女性の嫉妬やコンプレックスをリアルに描く小説の流れとがある。本章では、直木賞受賞の短編集『鍵のない夢を見る』から「君本家の誘拐」を読み、続いてデビュー期の長編『冷たい校舎の時は止まる』に遡って、弱さ・幼さ・未熟さという点から辻村作品の幅を捉えてみたい。弱くて幼い者が成長してゆこうとする際に、関わろうとする他者、すなわちケアラー・中間的存在がいることの意味を考えたいからである。ここではケアラーということばを介護者に限定せず、弱い者・幼い者に対してケア・世話をする人という、広い意味で用いる。また中間的存在というのは、ややわかりにくいことばであるが、たとえば、保育園や学童保育の指導員、教師や塾の先生、いとこや叔父叔母など、成長過程にある幼い者を支えようとする、親以外の存在を指している。子どもと親という密接した関係性をほどくような存在でありながら、自身もまた未熟さを抱えている。それが物語に大きな影響を与えているのだ。

「君本家の誘拐」は乳児を抱えた若い母を主人公としており、乳児というどこまでも未熟でどこまでもケアを要求してくる存在に対して、未熟なケアラーが孤独な闘いを強いられる様を描いた作品である。また『冷たい校舎の時は止まる』は、自殺者の名を突き止めようとするミステリであるが、そこでは、幼い者同士の関係性と、それを支えようとして支えきれない中間的存在の未熟さがポイントになっている。これらの作品を通じて、ケアを必要とする存在だけではなく、ケアラーであるべき存在までが未熟であること、そのことによって生じる葛藤を読み解きたい。基本的に辻村深月の作品はSF的要素を持つミステリであるため、そのトリックや結末について、未読の読者に配慮しつつ論じる必要があるが、場合によっては重要なポイントに触れざるを得ない場合があるので、注意されたい。

一　「君本家の誘拐」における未熟なケアラー

さて、辻村深月の作品におけるケア、とくに子どもへのケアの問題と言えば、直木賞受賞作の『鍵のない夢を見る』に収録された「君本家の誘拐」（初出『文春ムック　オールスイリ』二〇一二）は見逃せない。乳児の世話をすることが、いわば密室に閉じ込められるのと同じであるという、育児における恐ろしい事実に迫る、大げさに言えばサイコサスペンス的要素を持つ作品である。

主人公＝視点人物の君本良枝は、生後一〇か月の第一子になる咲良《さくら》を生んで育休中の、二九歳の女性である。地元を離れて、夫と子どもと三人で、都心から一時間程度のベッドタウンで暮らしている。ある日、訪れたショッピングモールを散策しているうちに、咲良を乗せたベビーカーがなくなっていることに気付くところから物語は始まる。

「ついさっきまではあったんです。咲良を乗せたベビーカー。眼は離してなかった。一分も離してなかったと思います。だけどないんです。どうしよう、どうしよう」

数時間ごとに起こされる細切れの睡眠のせいで、視界はもう何ヵ月も、常にうっすらとした靄に覆われている。探してください、と言い続ける。私も探しますから、と叫ぶ。

ナナホモールという巨大ショッピングモールを慌てて探し回るが見つからない。うっかり携帯を自宅に置いてきたため、職場にいる夫とも連絡がつかない。若い母親は広大な空間で、徹底的に孤独である。モールの従業員に防犯カメラと店内の捜索を頼んで、ひとまず、車で五分の自宅に戻ることにする。車中で、頭に浮ぶのは子どものこと、そしてこれまでの半生である。

ここで明らかになる君本良枝の、ごく平凡で、フラットな設定が興味深い。静岡県出身で、大学で知り合った夫の学は茨城県出身、通勤と育児の便を考えて、埼玉の郊外にマンションを購入したばかり。関東近郊の、東京を中心とした大きな円の外側に、それぞれの実家を置いて、都会に暮らす核家族。おそらくこのようなケースは珍しいものではない。こうしたよくある女性像を主人公とした、よくある子育ての苦労話のようでいて、そこに事件が起きてしまったのである。

良枝は、いわゆる里帰り出産を選び、出産前は実家に戻って上げ膳据え膳の生活を送っていた。「こんなに大事にしてもらえるのだったら、ずっと妊婦のままでもいいのにな、とふっと思った」こともある。しかし、「母になる怖さも、決定的に生活に訪れるであろう変化も、覚悟していた」彼女は、実際出産してみると、「かわいいこの子の前には、レストランも美容院もショッピングも、全部が全部取るに足らない些細なことだ。何も惜しくない。これから数年を咲良に捧げることくらい、なんでもない」と思いなおしたのだ。

良枝にとって本当に大変なのは、親元から戻って、馴染のないマンションでの平日は乳児と二人きりの生活だった。実家の親の娘から、自分の娘にとっての母へというアイデンティティの変換は、多くの女性が産後に経験するありふれた混乱ではあろう。君本良枝は、大都会の開かれた場所にいながら、孤独な密室に閉じ込められたようにして、それを受け止めなくてはならないのだ。夫は、都心の職場から離れた住居に引っ越したため、通勤が長くなり、自宅滞在時間が短くなってしまった。咲良が寝た頃に帰宅するので、困難を支えるべきパートナーにはとてもなれない。

暗い寝室で「ああああああ、あああああああー」と泣きながら手を伸ばして咲良が自分を呼んでいるのがわかっても、一度火にかけ始めた料理を途中で中断できない。平日の昼間、充分にあやして、授乳し、ようやく眠ったところをベッドに置いて、洗濯にかかろうとするとその瞬間に泣き出して、咲良がまた良枝を呼ぶ。熱があるとか、切羽詰まった状況にあるわけではないのだから、少しくらい放っておいても大丈夫だと頭ではわかっても、相手をしないでいることは、それだけで罪悪感が募った。

オムツ替えを済ませ、薬用の液体石けんで手を洗い、さあ、次は授乳だ、と寝室に戻って咲良を抱き上げたところで、一本調子の泣き声が少しも止む気配なく遠くから響き続けていることを不思議に思う。あれっと思って目を瞬くと、目の前に咲良の真っ赤になった泣き顔が飛び込んでくる。今、オムツを替え、手を洗ったのは、立ったまま寝ぼけた自分が見た夢だったことに気付く。

授乳・排泄処理・寝かしつけの永遠に終わらないサイクルをいわゆる〝ワンオペ〟[*1]（One operationの略語。深夜のコンビニエンスストアなどで、全ての仕事を一人でさせられるような低劣な労働条件を指す）でこなす毎日。こうした主人公の経験は、出産後の女性の体験談にいくらでもあるエピソードかもしれない。育児ブログや子育てママの語り場サイト、育児雑誌の投稿スペースにも見られる嘆きにも通じる、ありふれた風景である。しかし、良枝の内面に限定された、たたみかけるような文体で、主人公が置かれている密室育児のすさまじさと孤独が描き出されると、読んでいるこちらまで、良枝がマンションに軟禁され、単純労働を強いられるという拷問にあっているような気がしてくる。全ての母親が経験する愛という名の下の拷問と、そのリアリティ。

とはいえ、閉じられた空間に、古い友人が訪ねてきてくれることもある。だが、子持ちであるかどうか、結婚しているかどうか、仕事をしているかどうか、様々な相違点から、互いに理解し合えないことも多い。「ママ友ができたらいいなと期待して、市内の児童館に行ってみたことも」あるが、地元育ちでないために、知り合いもなく疎外感を感じてしまう。夜泣きが始まると、夫に気遣って、夜風に咲良をあてでなだめるべく、夜中のベランダに出て行くことになる。「咲良を抱きしめ、疲れた、と思う」。「ただ思う。眠りたい」。

実家から戻ったあとは、どうしようもなく孤独で、誰も助けてくれない。孤独な日々の結果として、作品冒頭の咲良失踪事件は起きた。こうした未熟な母親に対して、親になりきれていない甘えがあるとか、また逆に、親の愛を知らないで育ったから良い親になれない、などというような単純な批判をしたがる向きもあろう。だが、辻村深月は、この作品では個人の性格や家庭に問題を探るような物語パターンに収まることをあえて避けている。

両親や祖母の咲良への接し方、可愛がり方、愛し方は、そっくりそのまま良枝が生まれた時のものなのだろう。自分は愛され、かわいがられ、彼らのお姫様だった。良枝は今、自分の娘を通じて、三十年近く前のその光景を見せてもらえているのだ。

良枝にとって、よくできた親の存在は、助けになっていないということに注意したい。むしろ自分の親の愛情を感じているからこそ、一人で頑張ろうと思ったのだとしたら、良枝は甘えることを諦めていることになる。親に頼れないのは、親の育て方が悪いからでもなく、良枝が甘いからでもなく、前向きな心のためかもしれない。夜泣きする子を抱えながら、夫を寝かせてやろうとするのも、母として妻として自立しようという意思のためなのかもしれない。結婚、マイホーム、妊娠、出産、産休と堅実な目標を抱き、着実にそれをクリアしてきたのは、先へ先へと目標に向けて努力しようとする良枝の、心の枷《かせ》のせいだったのかもしれない。そんな風に苦しむ未熟な母、ケアラーに対して、乳児という、要求することにだけ貪欲で、どこまでもケアを必要とする存在は、何を返してくれるというのだろう。

このように読んでいるうちに、咲良の失踪事件の真相は薄々見えてきてしまうのだが、おそらくこの作品で重要なのはそういったミステリ的部分ではない。作品の中心は良枝の心の檻のありようだからだ。経緯についてはこれ以上は記さないが、最終的に、咲良は無事に良枝の許に戻ってくる。

多くの人が、良枝の背中をなでてくれる。
「お母さん、見つかって本当に良かった」
お母さん、お母さんと繰り返しかけられる言葉に、顔をあげられなかった。その声がどこでしているのかわからないくらい、遠く、距離のあるものに感じた。

この時、良枝は他者から「お母さん」と呼びかけられている。この場面で良枝は「お母さん」になっているのだ。親の娘であり、夫の妻であり、キャリアウーマンであり、「お母さん」。一人の女性の中にあるそれらの要素を調和することは難しい。しかし、咲良と目が合った瞬間に、良枝は「お母さん」としての自己を目覚めさせられ、それを受け止めていくと決心する。まだ親になったばかりの、未熟なケアラーである良枝の、おそらくは今後も続くであろう苦難。特別な存在でもない、どこにでもいそうな真面目な女性が「お母さん」になるために繰り返される危機。この作品は未熟な者が幼い存在を育てるという、ありふれた育児をめぐる風景を、徹底的に内面に寄り添って描くことで、日常がサイコサスペンスになってしまう瞬間を捉えたものなのである。

二　子どもの文学に〈親〉は要らない⁉

以上、辻村深月作品の、大人の女性の現実を描いた作品系列における未熟なケアラーの姿を確認した。母子関係という密室を開くことができるのは、家族の周縁の第三者、中間的存在かもしれない。そこで次に考えたいのは、親子関係とは異なる関係性の問題である。子どもたちが中心となった世界で、幼い者が成長してゆこうとするときに起こる問題と、そこに関わってくる未熟な中間的存在について見てみよう。

『冷たい校舎の時は止まる』は高校生を主人公とした、ファンタジー・SF的な要素を使ったミステリである。ミステリといっても殺人犯人を当てるのではなく、自殺したのは誰かを当てるという設定である。高校生の自殺問題、というような場合、親や家庭がそこにどう関わったかが問題とされる場合が多いのだが、辻村深月はこの作品で、子どもの自殺の原因を、家庭や親子関係に求めようとはしていない。物語における親の無力さ、もしくは、親の存在感の無さについて、子どもの文学のあり方と併せて確認しておきたい。

若者を主人公とする作品、とくに少年・少女小説、児童文学には、親のいない孤児を主人公とするものが多い。西洋語圏の少年・少女小説で言えば、マーク・トウェイン『トム・ソーヤーの冒険』『ハックルベリ・フィンの冒険』、ルース・モンゴメリ『赤毛のアン』、ジーン・ウェブスター

『あしながおじさん』など枚挙にいとまがないほどだ。児童文学における孤児というテーマについては、社会からはみ出してしまうという意味では不幸だが、裏返せば、主人公に親や家庭からの自由を与えることができるといった指摘もある。[*2] またジェンダー的な観点からは、近代家族の規範からはみ出している少女が社会的に成長してゆくプロセスを描くためという見方もされている。[*3]

子どもが世界と出会ってゆくプロセスを描こうとするのが児童文学であるなら、児童文学は孤児の文学であると言えるのかもしれない。いや、孤児でなくとも、主人公が子どもである場合、親の存在感が薄い物語も多い。たとえばルース・ガネット『エルマーのぼうけん』では、両親はエルマーの活躍に全く気付いていないし、アストリッド・リンドグレーン『長靴下のピッピ』にいたっては、父親は船で遠くに行っているという形で距離を置いて存在している。そもそも、一寸法師でも桃太郎でも、昔話では親元を離れて旅立ち、成長してゆくパターンになっている。子どもの成長や活躍を描こうとするなら、親の助けも親の手出しも邪魔であり、また親の干渉も無用なのである。

もちろん、子どもの成長を支える年長者として、親や長老、魔女が登場し、世界を解き明かす児童文学作品も数多くあるが、しかし、子ども自身が自分で世界を見つけていこうとする時、愛情関係の有無や過多に関わらず、親の存在を捨象するジャンルがあるということなのだ。われわれは、こうしたファンタジー的なものの非現実性をふまえつつ、そこで何が可能になるのかを考えるべきだろう。例えば、やはり親の存在感が薄い物語絵本として、モーリス・センダック『かいじゅうたちのいるところ』を挙げることができる。暴れん坊の主人公マックスを子ども部屋に閉じ込め、終わりに夕食を届けてくれる親の姿は、絵としては一切描かれない。確かにマックスを叱るセリフもありながら、家族的ケアをしてくれる「やさしいだれかさん」との間に愛情関係があることも明らかなのだが、それが具体的に描写されることはない。親は主人公がかいじゅうたちと出会って経験する世界とは異なる、現実性の確かさだけを保証する役割である。閉じ込められた子ども部屋で主人公は一人で自分の心を静め、現実と折り合いをつけるまでのプロセスを体験しなくてはならない。[*4]親の存在感が希薄だからこそ、未熟な主人公の心のドラマに起承転結を引き起こすことが可能になるのだ。親の姿が描かれないのは、成長してゆこうとする時期の子どもの、心の現実の反映なのかもしれない。

三　『冷たい校舎の時は止まる』における中間的存在と未熟さ

子どもを主人公とした物語における親の存在感の希薄さと主人公の成長の問題をふまえて、もう一度、辻村深月作品に戻ろう。『冷たい校舎の時は止まる』は高校生たちを主人公としたファンタジーとはいえ、描かれる世界は限りなく現実に近く、暴力的でいびつな要素を持っている。子どもたちは現実的に過ぎるファンタジー世界を生き延びるか、終わらせるかしなくてはならない。親たちは子どもの生活を支えるケアラーとして充分に尽しており、優しげに描かれてはいるのだが、子どもを取り巻くいびつな世界から、子どもを救い出す能力を有していない。親もまたいびつな世界の一員だからである。この時、むしろ子どもの戦いを支えようとするのは、教員や学童指導員、親戚など、家族の境界にいる未熟なケアラーなのである。

『冷たい校舎の時は止まる』の主人公は、作者と同じ名前を持つ辻村深月であり、進学校とされる青南学院に通う高校三年生である。大学入試を目前にしたある日、雪の降る中で登校してみると、校内には自分を含め男女八人しかいない。なぜかドアも窓も開かなくなっており、校舎の外に出られなくなっている、という異常な状況から始まる。その八人は同じクラスで、学級委員をつとめる親しい仲間たちであった。深月がいじめにあった時も団結して彼女を護り、勉強の苦労も、やんちゃな男子生徒の菅原の停学などもともに乗り越え、秋の学園祭ではクラス企画を成功に導いたのだ。担任教員の榊を慕う彼らは、その担任を含む教員が誰も校内にいないことを不思議に思う。この異常事態を引き起こしたのはいったい誰なのか。なぜなのか。電話も不通で時計さえ動かない。時空の狭間に閉じ込められているのだろうか。話し合ううちに、二か月以上前の学園祭の当日、学校で投身自殺があったこと、その後、自殺を防げなかったということから担任の榊が批判を受けていたことに思い至り、そして気付く。みな一様に自殺した同級生の名前が思い出せなくなっている、と。

そこで、オカルトに詳しい一人の生徒が、これは海外にあったいくつかの集団失踪事件に似ていると語りだす。何らかのストレスがかかることによって、ある一人の精神世界にグループのメンバーが閉じ込められてしまうというものだ。おそらくは自殺した当人の後悔の念が、彼ら八人をここに集めたのではないだろうか。同じクラスだったのに、名前も思い出してもらえず、気にしてもらえない誰かの恨みだろうか。

とりあえず俺、これが幽霊の仕業じゃないかってことは認めてもいいことだと思うんだ。だとするとこの中の誰かがその『犯人』だってのが一番妥当なんじゃないの？　自殺したのが、他の俺たちと関わりの薄いクラスメートだったとしたら、俺たちを閉じ込めるのって何か釈然としないしさ。俺たちがいじめでもやってたっていうならともかく、ここにいる人たちって基本的に温厚で、そんなものとは無縁だし。（第三章）

でも、二人とも考え方が割とドライなんだね。この中に自殺しちゃった子がいるかもしれないんだよ？　そういうのって何だか切なくならない？　自分たちの友達が一人実際にはもう死んでて、この校舎から出て外の世界に帰るとその子にはもう居場所がない。その一人はすごく寂しいんだろうなって。それを考えると、俺どうしていいのかわかんなくなるよ。（第三章）

重要なのは、なぜか校舎に閉じ込められている八人の記憶から、自殺者の名前が抜け落ちているということだ。彼らが頼りにし、仲間のように思う担任の榊もいないため、自分たちで謎を解くしかない。自殺者は一体誰なのか。もしかして八人の中の誰かが自殺していて、その怨念が本人も気付かないうちに仲間を呼び集め、自殺の記憶を自分自身のそれも含めて消してしまったというのか。

登場人物はそれぞれ、お互いの抱える悩みを探り、また、自分自身の心の奥に自殺する可能性を見出そうとする。登場人物それぞれの内面が暴かれてゆく。自分をいじめる元親友に謝り続けて拒食症になった弱い女子。誰にでも優しい男子の優しいがゆえの弱さ。特待生で才能に恵まれているが、友人にも心を開けない女子の苦悩。幼い頃にいじめを見過ごしてしまったことをひきずっている男子。機能不全家族を抱えて、援助交際に陥った過去を持つ女子……。八人が互いに、自分の心の闇と友人の抱える謎とに向き合っていかなくてはならない。二重三重に複雑な仕掛けを持ったミステリとなっているのだ。

閉じ込めているその「幽霊」、すなわちこの空間の管理者を、作品では仮に「ホスト」と名付けている。「ホスト」は担任の机に飾ってあった仲間たちの写真を盗み取って眺める。

ぼんやりと生気の乏しい目でそれを見つめ、ゆっくりと写真の上の顔たちを指で撫でてみる。四角いその紙切れの右下に、オレンジ色に刻まれたその日の日付。十一月二十一日。この校舎で自殺があってから、まだ一ヶ月と少ししか経過していない日付だ。

それなのにはしゃぐ笑い声までが聞こえてきそうなこの写真。

写真を見つめるうち、『ホスト』は吐き気を覚えた。生徒と感覚の近い担任教師、それを取り囲む七つの顔。

（第三章）

この写真が謎を解く鍵になっているのだが、しかし、ミステリそのものを解いてしまうことが本章の目的ではないので、それはぜひ作品世界を読んで楽しんでもらいたいと思う。ここで論じたいのは、この写真の中心にいる担任の榊の問題である。閉じ込められた八人が繰り返し思うのが、家で待っているはずの親たちではなく、榊のことだという事実をどう捉えるべきだろうか。

榊の人物像はこのようなものだ。

茶色く色素の薄い髪に、右耳のピアス。『教師らしくない』という不満の声が、クラスの生徒の中にすら燻っていることを鷹野は知っている。が、鷹野は不思議と榊のことが好きだった。教師らしくない、その外見まで含めて全部。（第一章）

私たちのこの顔ぶれは、クラス委員という拠り所で結びついている。そこは否定できない。私たちはクラス単位での関係者なんだ。何かことを起こそうと発案するなら、誰かが榊の手を借りに行くだろうし、学祭の準備で帰りがけに飯を食おうという話になっても大抵は榊が一緒だったろう？　実際に仲のいい連中という定義で括るんであれば、あの人は不可欠な存在だよ。『榊がいてこその学園生活』なんだ。（第三章）

高校生が担任教員にここまでの親しみを持つことは珍しいかもしれない。だが、そもそも榊は仲間の一人の従兄弟である上に、青南学院の卒業生であり、成績優秀な特待生でもあった。先輩であり、年長の仲間であり、教師らしからぬ担任でもあるという、中間的存在だったのだ。だから八人は、「なぜ榊がいないい」「サカキくん助けて」と繰り返し榊を呼ぼうとする。榊が大人や教師としては欠けている存在であることの意義はそこにある。ただし、榊の未熟さは、それゆえに高校生たちに溶け込むことができるという意味では有効だが、未熟な教員であるがゆえに、結局自殺した高校生を救うことができなかったという意味では、非常に両義的である。これだけ待望されながら、そこに登場しない榊。それは担任としての榊がこの空間にいることを、「ホスト」が認めていないということでもあるのだ。

待望されながら拒否されている中間的存在。それが榊の本質である。いわゆるネタバレになってしまうが、最終的に榊はそれまでとは異なる形で重要な役割を果たす。そして作品の最終章で旅立ってゆく。特待生だったという立場を利用して母校の教員になり、ある意味でぬくぬくと未熟な教師であることを楽しんでいた榊は、実は密かに他県の教員採用試験を受験していたのである。未熟な高校生に対峙する未熟な中間者としての榊の成長、変化こそがこの物語を完結に導いたのかもしれない。

子どもたちの世界にとって、中間的存在は必要ではあるが、いずれは機能を果たして消えていくべき存在でもあると言えよう。そう、友人同士なら子どもであってもお互いの悩みを共有しつつ助け合うことができる。子どもだけの閉じられた空間にいることは、彼らを苦しめるばかりでもないのだった。

私、ホント言うとこういうのってけっこう憧れだったんだよね。よく漫画とかで見るけど、仲いい友達みんなでどっかに閉じ込められて、それで協力してってヤツ。きっとすごく楽しいし、勉強とか煩わしいことからも解放されるわけだから、私には理想だった。菅原、小さい頃『十五少年漂流記』の世界とか読んで憧れたことない？　それと同じ感じ。（第四章）

今、無理して笑う深月の顔を見つめながら、清水は心の内側で大丈夫だよと呼びかける。大丈夫、自殺していたかもしれないのは深月だけじゃない。私は寂しかった。寂しかったから、みんなのことをこうして閉じ込めているのかもしれない。ようやく見つけた自分のクラス、心を許せる友達。それを独占したいから、今私は……。（第五章）

彼らにとって、雪に降り込められ、時間の停止した子どもだけの世界に閉じ込められているということは、決して不愉快なことばかりではない。外のない閉じられた世界。受験も、卒業も、親しくない友人も、経済的な悩みもない世界だからだ。しかし、だからこそ、子どもはそこを出ていかなければならない。

ピアグループ（Peer Group）ということば[*5]がある。主として児童期から思春期にかけての子ども同士のつながりを指す。そこでは、友人・仲間との間に排他的なほどに強いつながりが形成される。まさにこの作品の高校生八人は、そのようなグループを楽しんでいる。しかし、大学入試や、卒業という外的な出来事、そして何より個別的な成長が、そのピアグループを解体する。その後、新たな仲間的つながりに変容してゆく様子を、エピローグの墓参りの場面から読み取ることができる。『冷たい校舎の時は止まる』は、あえて大人の干渉を排除した世界、大人が関わりきれない世界を描き、子どもの世界におけるピアグループの可能性と、そこに関わろうとする未熟な中間者の苦闘を描き出した作品なのである。

おわりに――『名前探しの放課後』へ

ここまでで、辻村深月の作品を読むことで、幼い者へのケアや子どもたちの成長の問題について検討してきた。

「君本家の誘拐」では、親の愛情を受けて育ち、愛情を持って乳児を育てていこうとする、ごく普通の主人公の姿を描きながら、未熟な親がその未熟さゆえに苦しめられつつ自らの心の密室に閉じ込められてゆく様を確認した。母子関係は愛という名の密室を作り出すという意味で両義的なものとなり得る。

『冷たい校舎の時は止まる』では、高校生たちの関係性に、親や家族への思い以上に強いつながりがあること、そのピアグループの中での葛藤――自分が友人を自殺にまで追い込んだのかもしれないという恐怖、自分の中に自殺者になりうる危険性があったかもしれないという不安――という主題に、中間的存在である担任教員が関わってゆこうとすることの可能性について検討した。

母子関係という密室の問題と、閉じられた家族関係をこじ開けてくれるような中間的存在の問題、成長してゆこうとする者同士のピアグループの関係性などが明らかになった。辻村深月の作品世界には、狭い親子関係を開くものへの志向があると言えそうである。子どもの世界を描きつつ、親子というタテのつながり以外のつながり方に着目しているのである。ただし辻村深月が家族の問題に触れないようにしているということはもちろんない。

例えば、タイムスリップした高校生が友人と協力して、同じクラスから出るはずの自殺者を探すという『名前探しの放課後』という作品がある。自殺者探しという点では、明らかに『冷たい校舎の時は止まる』（二〇〇七）の変奏なのだが、そこで中心になる登場人物についてはかなり丁寧に家族関係を描いている。愛情関係を前提にしながら、家族同士の気遣いが息苦しいまでに充満する家庭や、子どもを無制限に許しすぎる家庭など。ケアラーとして充分に支えてくれるが、心の中までは見せられない家族という存在を背景にして、やはり高校生たちはピアグループを形成し、いじめや自殺に抗おうとしてゆくのである。この作品では、水泳指導を通じて友人が友人の「師匠」になるというエピソードがあるのだが、それによって成長するのはおそらくは「師匠」の方である。そして自殺防止という目的のために関わってくる中間的存在として、地域の大人たちの取り組みが描かれている。親子の閉じられた関係とピアグループと中間的存在と、という観点からぜひ読んでみてもらいたい。

人は家族や家庭だけで育つのではない。血縁関係や家族の結びつきの強さを前提に、弱い者や幼い者を支えるケアラーは、愛ゆえに苦しみ、苦しめられている。ケアを必要とする弱い者、幼い者たちを支えるのに、家族以外の、家族より弱い結びつき方をする中間的存在が、閉じられた関係をほどき、新しい空気を吹き込む可能性を有しているのかもしれない。もちろんこの中間的存在は弱い者、幼い者の未熟さを受け止めきれるほど強固ではない。むしろケアに関わってゆく中間的存在もまた未熟であること、そこに可能性を見出したい。

SFであり、ファンタジーであり、ミステリであるというような作品の場合、そこでは設定・世界観が大きな意味を持っている。たとえば「シンデレラ」などお姫様のファンタジーでは魔法使いのおばあさんは主人公たちに世界のルールを教えてくれるし、孤児の物語であるディズニー映画『アナと雪の女王』でさえ、魔法の設定を解き明かしてくれる長老がいる。しかし、今回とりあげた辻村深月の作品では、世界を把握しきっていて、その設定を子どもに教える者は存在しない。子どもと大人の中間に位置する、未熟な者たちが鍵を握っているのである。そこには葛藤も苦悩もあるが、だからこそ成長や変化の可能性があると言えるだろう。

＊作品本文の引用は以下に拠る。
辻村深月『鍵のない夢を見る』（文春文庫、二〇一五）
辻村深月『冷たい校舎の時は止まる』上・下（講談社文庫、二〇〇七）

1――この語から派生した「ワンオペ育児」は辞書の用例にもなっている。小野正弘主幹『三省堂現代新国語辞典』（第六版、三省堂、二〇一九）。

2――金原瑞人「エッセイ　アメリカが孤児なら、イギリスも孤児。そして今の日本は？」（『日本ＹＡ作家クラブ会報【臨時便・エッセイ編】』二〇一〇・二・二〇発行、http://jya.iinaa.net/kaiho/100220r.htm、二〇一九・一・二二閲覧）。

3――川端有子『少女小説から世界が見える――ペリーヌはなぜ英語が話せたか』（河出書房新社、二〇〇六）では、ここにあげた『あしながおじさん』『赤毛のアン』以外にも多くの、孤児の少女小説を取り上げており、興味深い。

4――『かいじゅうたちのいるところ』の主人公の心の動きについては、河合隼雄・長田弘『子どもの本の森へ』（岩波書店、一九九九）の「Ⅲ　絵本を読む」を参照。

5――発達心理学では、子どもが保護者から自立してゆく過程で、グループを作るとされている。ピア（Peer＝仲間）グループは思春期の後半のつながりであり、強い結びつきによって、排他的で閉じられた関係になる場合もあるという（保坂亨「仲間関係」『発達心理学事典』丸善出版株式会社、二〇一三）。

コラム⑤

「毒親」の呪縛と「毒親」離れ

姫野カオルコ『謎の毒親――相談小説』

光石亜由美

「毒親」という言葉を聞いたことがあるだろうか。二〇一〇年代に入ると「毒親」という言葉が入ったタイトルの本がいくつか出版された。例えば、松本耳子『毒親育ち』（二〇一三）は、ギャンブル狂で、借金まみれで、子どもに関心のない父親と、神経質でヒステリック、子どもにも完璧主義を押し付ける母親に育てられた子どもの目線から見た「毒親」をコミカルに描いた漫画である。姫野カオルコ『謎の毒親――相談小説』（二〇一五）も、「毒親」をモチーフとして描いた自伝的小説である。

「毒親」という言葉が知られるようになったのは、スーザン・フォワードの*TOXIC PARENTS*（一九八九）が『毒になる親』という邦題で一九九九年に出版されて以降である。では、「毒親」とはどんな親のことを指すのであろうか。『毒になる親』によれば、「子供に対するネガティブな行動パターンが執拗に継続し、それが子供の人生を支配するようになってしまう親」（傍点は原文による）のことを言う。「毒親」の呪縛にかかった子どもは親からの執拗なコントロールによって、大人になっても自分自身に価値を見出せず、他人から愛される自信がなく、親が死亡してもその精神的な支配から抜け出しにくいという。そもそも「毒親」という言葉は医学的な専門用語ではない。しかし、現代の親子関係の見えない「病理」を語る言葉として認識されてきたと言えるだろう。

姫野カオルコ『謎の毒親』にも、スーザン・フ

姫野カオルコ
『謎の毒親――相談小説』
（新潮社、2015）

ォワードの『毒になる親』に登場する症例とよく似たエピソードが出てくる。大人になった「私」が、幼いころ両親から蒙った理不尽な体験を相談するという形式で書かれたこの小説は、家族以外の他人に「毒親」の「謎」を問いかけ、「毒親」の呪縛から脱出するまでの物語といえるだろう。

『謎の毒親』は「相談小説」というサブタイトルがついていることからわかるように、相談形式で物語が進んでゆく。かつて大学時代に住んでいた町にある本屋の壁新聞のお悩み相談欄に相談するという設定である。その壁新聞はもう発行されていないが、本屋のご主人や関係者がお悩みに答えてくれるのである。「私」自身は「平凡な境遇に生まれ、平凡に暮らして」きたと思っているのだが、その両親の言動は摩訶不思議で、そんな両親の言動に振り回された壮絶な過去の体験を、大人になった「私」が相談という形で語るのである。『謎の毒親』は、読み方によってはミステリー小説であり、ホラー小説である。そして、一方では〈カウンセリング・ケア小説〉とも名付けたくなる構成を持っている小説でもある。

先述したようにこの小説はお悩み相談という形式だ。他者と手紙を交換するというスタイルは、他者とコミュニケーションするということでもある。幼いころの「私」にとって「謎」だった両親の行為を、大人になった「私」が書き記し、その「謎」を他者に問いかけるのである。では、「謎の毒親」に育てられた「私」は、どのように「毒親」から脱出し、自己回復してゆくのだろうか。

「父は父で、母は母で、質の異なるミステリアスな言動をそれぞれにとるので、私の家にルール

〈基準〉が皆無」の家では、「へんな出来事」がしばしば起きていたが、幼い「私」は、当時それを「変」「謎」と感じながらも、どこが変なのか認識できなかった。しかし、大人になって、お悩み相談の手紙を書くことによって、両親の「謎」を言語化し、認識し、客観化することができる。これが、カウンセリングの第一歩である。

次は、他者によって与えられる肯定感である。例えば、小学校の時、競走で一等賞をとってもほめるどころか、逆になぜか怒り出した親に代わって、「ヒカルさん、一等賞、おめでとう！（中略）お祝いは遅れたってお祝いです。貴方からの投稿（と呼ぶことにした手紙）を今読み、今ここでお祝い申し上げます」と、他人によって正当に評価される。また、「タクシーに乗って」のエピソードは、両親と外食したとき、「私」が一人で先にタクシーに乗って駅まで行ったと思い込んだ両親に叱られた事件である。このエピソードでは、事件の現場となった「東華菜館」の支配人から、「もし私の推理のどこかが当たっていれば、この事件発生の非の幾らかは、小店の接客対応にもあることになります」と当時、従業員の配慮が足りなかったとお詫びを受け、両親の不可解な行動の一端が他人の言葉によって解きほぐされる。

このように「毒親」の謎に苦しめられていた「私」は、お悩み相談の手紙を書くことによって、他人に話し（言語化）、「謎」の意味付けをしてもらい（他者による客観化）、「私」はおかしくないんだと言われ（自己肯定）、さらには両親の「謎」に対して、自分自身で意味付けし、自己分析を行えるようにまでなる。『謎の毒親』は、投書によって他者とコミュニケーションし、他者からエンパワーメントされることによって、「毒親」のために小さいころに得られなかった承認欲求が満たされ、自己肯定感を得る過程を描いた〈カウンセリング・ケア小説〉なのである。

『謎の毒親』は「毒親」の見本市のような小説なのだが、この小説の興味深いところは、「私」

は一貫して両親を「毒親」と呼ぶことをためらっているところである。

相談相手の本屋の関係者たちは、「ヒカルさんのご両親を形容する「ひとこと」は、「毒親」でいいんじゃないんですか?」というように、「毒親」と呼ぶことによって、「私」に「毒親」に育てられた子どもという自己認識を促す。「謎」だった親を「毒親」と客観化することが、「私」の心のケアにとって重要となるからだろう。しかし、「私」は自分の両親を「毒親」と呼ぶことにためらいを覚える。

なぜ、「毒親」と呼ぶことをためらうのか。お悩み相談という一連のカウンセリング・ケアを受けた「私」は最後に次のように結論を自ら出す。

「毒親」という「ひとこと」にはずっと抵抗がありましたし、今でもあるのですが、けれど、このひとことを得たことで、そうかそうだったのかと返してもらうのと同じ効力があるのなら、さびしい子供たちの、悪いのは自分だとひたすら自責し涙を禁じた心の鍵穴にやっと入れる鍵になってほしい。

この手紙で、私はこの「ひとこと」を父と母に対して使います。さびしい毒親と。

「謎の毒親」に支配されている家から出なければならないと決心し、大学受験で見事脱出を果たした「私」は、外面的に自立を果たしているようだが、小さいころの「謎」＝トラウマからは脱出できていなかった。お悩み相談というカウンセリング・ケアを疑似体験し、子どものころ謎だと思っていた出来事を、大人になってから言語化、客観化することで、「毒親」の「謎」を了解していったとしても、「私」は、カウンセリング・ケアによって癒されたり、また、両親を許したりはしていないのだろう。子どもにとって「毒親」でも親は親である。「毒親」の呪縛から逃れることは容易ではない。しかし、「毒親」を「さびしい毒親」と言えた時、「私」の「毒親」離れは始まっているのかもしれない。

第4章

I 育児をめぐる〈ケア小説〉――〈母〉と〈父〉の多様性

家政婦が語るシングルマザー物語

小川洋子『博士の愛した数式』

佐々木亜紀子

小川洋子（おがわ・ようこ／一九六二〜）
岡山県出身。早稲田大学卒業。一九八八年「揚羽蝶が壊れる時」で海燕新人文学賞受賞。一九九一年「妊娠カレンダー」で芥川賞受賞。二〇〇四年『博士の愛した数式』で第五五回読売文学賞および第一回本屋大賞受賞。『ことり』で平成二四年度芸術選奨文部科学大臣賞（文学部門）受賞。**Stephen Snyder** などによって翻訳され、海外でも高く評価されている。

はじめに

小川洋子の『博士の愛した数式』は二〇〇三年七月号『新潮』に発表されたのち、翌月単行本化され、翌年第一回本屋大賞を受賞し、二〇〇六年には映画化（小泉堯史監督）された。

この小説は、シングルマザーの主人公「私」が、家政婦としての派遣先で、八〇分しか記憶のない数学者「博士」と出会い、博士から「ルート」と名付けられた「私」の息子を交えて過ごした日々を語る物語である。博士は大学に勤める数学者であったが、交通事故で脳を損傷し、「離れ」に住んでいた。「母屋」には博士の亡兄の妻、すなわち義姉が住んでおり、この「未亡人」と博士との「過去」が少しずつ「私」の一人称の語りで仄めかされていくのである。
発表翌年の本屋大賞受賞や三年後の映画化など、一般的に高く評価される一方で、語りの偏向が批評や研究で指摘されている。
たとえば前田塁は、作中の「ノーヒットノーラン」にならなかった試合を例に、試合の長さから考えても、八〇分の記憶しかない博士の物語が逸脱していることを指摘し、「語り手の視線の偏在」を論じている。[*1] また山田夏樹は、「私、ルートとの関係性が「反復」のなかで蓄積、更新されているかのように語られ／騙られ」、「「家族」の関係性を語って／騙って」いる方法を分析している。[*2]「離れ」が「擬似家族空間」を作り出していることの早い指摘は、初出翌月の清水良典「文芸時評」[*3]にもあるが、いずれも「家族」あるいは「擬似家族」ということにふれながら、「私」の「物語」にみられる作為のありかたに切り込んでいる。「私」は都合よく消去、捏造しながら、博士とルートとの「家族」あるいは「友愛」という特別な関係の「物語」を作り上げているというのだ。ほかには関谷由美子が、「語りが排除しているのは、〈性愛による男女関係〉である」ことを指摘したうえで、物語が「私」とルートと博士との「奇蹟と祝祭の日々として」語られたことに注目し「〈男女の性的結合という親密性のパラダイム〉への対抗概念」の「メッセージ性」を論じた。[*4]
しかし、ここで問題としたいのは、主人公の偏った語りと「家政婦」という職業との関連である。本論では、「家政婦」の語りという特徴を検討し、主人公「私」がシングルマザーとして息子を育ててきた側面に注目する。

一　家政婦として語る

先行研究が明らかにしたように、主人公の語りには確かにバイアスがある。だがいったいなぜそのような偏向した語りを展開したのか。それは主人公が「家事のプロとしての誇り」をもった家政婦であることに理由づけられる。「私」は家政婦という忠実な僕《しもべ》として語っているのである。

そのような典型としては、夏目漱石『坊っちゃん』[*5]の清《きよ》を挙げることができるだろう。「親譲りの無鉄砲」で、誰からも評価されない主人公を、清は決して貶《けな》さず「あなたは真っ直でよい御気性だ」と最大限の好意、「贔屓目」によって理解しようとする。主人公の「私」の振る舞いは、この清に似ている。「私」は家政婦として、雇い主の如何なる奇行も、「贔屓目」で理解し語っているのだ。

小川洋子は「家政婦さんという職業」について、この小説の誕生に絡めて次のように述べている。[*6]

> 家政婦さんなら、ずかずかと無遠慮に人の人生に踏み込んではきません。それでいて現実的な生活の面では大きな役割を果たす。相手がどんな人格を持っていようとも、とにかくすべてを受け入れ、耳を傾ける。
>
> （傍点は引用者による。以下同じ）

後半部にいう「とにかくすべてを受け入れ、耳を傾ける」よう「私」が振舞おうとしているのは、博士との最初の出会いからも顕著である。「君の靴のサイズはいくつかね」と尋ねられても、「私」はほかの家政婦のように、「あんな変人」として切り捨てることはない。「どんな場合であれ、雇い主に対し質問に質問で答えてはならないという家政婦の鉄則を守り」、「何故かは知らないが雇い主にとって靴のサイズが意味深いものであるなら、もう少しそれを話題に登らせておくべきではと考え」て、会話を続けている。

また、義姉である未亡人は、家政婦の「私」に初対面の場で「端的に申せば、記憶が不自由なのです。惚《ぼ》けているのではありません。全体として脳細胞は健全に働いている」と博士のことを説明する。だが、博士の人となりを考える際、未亡人の説明する「記憶が不自由」ということでは説明しきれないものがある。コミュニケーション不全を「言葉の代わりに数字」によって武装するスタイルから始まり、生活能力の極端な低さ、服装や食事など生活全般への無関心、「一日中考えている」特異な集中力、固執した考えかたなどがあげられる。それでも未亡人は「記憶が不自由」で「ごく一部に故障が生じ」たに過ぎない状態だと「何の感情も込めずに淀みなく喋」る。そこで「私」は家政婦らしく、未亡人のわざとらしい淀みなさに気づきながらも、未亡人のことばどおりに「記憶が不自由」なだけの博士に合わせている。忠実な家政婦には〈鈍感な装い〉も必要なのである。

博士と過ごす最後のパーティでも、「私」はあくまで〈鈍感な装い〉を捨てない。そのパーティは、「JOURNAL of MATHEMATICS」から博士が「懸賞問題一等獲得」をしたことに対するお祝いが発端だった。「最高額の懸賞金」ではあったが、「答えがあると保証された問題」である。博士はもちろんその小ささを自覚し、数学世界での当然の謙虚さをもって「祝いなど、必要ないと思われるがね」というが、「私」は大げさに「お祝いをしましょう」という。その後未亡人が「あなたご自身も、お気づきになっていらしたでしょう?」というように、「八十分のテープは、壊れてしま」っており、「一緒に過ご」す日が終わるのは間近であることを「私」は気づいていた。だからこそ、強引にパーティを企画したのである。〈鈍感な装い〉で気づかぬふりをして、別れの宴を開いたのだ。

しかし最も留意すべきなのは、「私」は気づかなかったのではなく、気づかぬふりをしていたに過ぎなかったのだということを、未亡人のことばで間接的に明かしていることである。「私」という家政婦は非常に巧みな語り手なのだ。

さらに「私と息子が博士から教わった数えきれない事柄」とも語られる擬似的な師弟関係も「家政婦」的だ。「家政婦」といういささか古めかしい呼称を「私」が選んでいることにも関わるが、元来「女中奉公」は「見習修業」という側面があった。かつて女中を使用する家庭では、雇い主である「主婦は教師」であり「女中は生徒」だったという。[*7] ニックネームのような「博士」という呼び名は、匿名性を保証すると同時に、師と仰ぐにふさわしい名称である。

「教わった」のは、自然数の和の公式や素数定理といった数式にとどまらない。主人公「私」は博士から生き方を懸命に学ぶ従順な「生徒」のようだ。たとえば「靴のサイズ」が24の「私」は4の階乗として「実に潔い」生き方をし、誕生日が「二月二十日」であることが、220の友愛数284が裏面に刻まれた腕時計をもつ博士と「友愛」で結ばれ、ルートと命名された「息子」は、「実に寛大な記号、ルート」のような青年に成長することが約束されているかのようである。「友愛数」は、山田[*8]が指摘するように、一方的であるにもかかわらず、主人公と博士との「特別」な「関係性」として語られ（騙られ）ている。だが、ここでは、それがあたかも博士が的中させる予言のように語られ、雇い主の感知する力の大きさを裏付ける証拠とされていることに注目したい。博士は「誰よりも早く、一番星を見つけられる」という「才能」で、「他の誰も区別できない、唯一無二の一点に意味を授ける」のと同じように、「私」とルートの本質を「誰よりも早く」見抜いたかのように一見読める。だが事実は逆向きだ。この家政婦は雇い主に言われた役割と関係性を生き、息子を「寛大な」青年に育てたと事後的に語っているに過ぎないのだ。この忠実なる家政婦は、雇い主を師と仰いで学び、雇い主のことばを生きたと語っているのである。

ところで、『坊っちゃん』の清は坊っちゃん贔屓が昂じて、自分の甥にまで坊っちゃんをほめる。本人は「自分の力でおれを製造して誇ってる様に見える」と語っているが、「私」が語る博士像も「製造」の跡がみえる。

本作執筆前の小川洋子から質問を受けたという数学者藤原正彦は、「数学者といえば、なぜか「純粋」とか「奇人」が通り相場だ」と、世間のステレオタイプに不満を述べているが、まさに博士こそ「純粋」な「奇人」である。八〇分だけの記憶という病症以上に、博士の「奇人」性が特徴的だ。

『博士の愛した数式』が構想されたのは、藤原によれば、「『天才の栄光と挫折』もお読みになってインスピレーションが湧いた」[*9]とのことである。この本で紹介されている数学者のなかでは、特にアンドリュー・ワイルズが、「インスピレーション」を与えたことは明らかである。ほかには、ウィリアム・ハミルトンやポール・エルデシュも博士の造形のヒントになっているだろう。[*10]彼らについての「純粋」な「奇人」らしいエピソード[*11]はそのまま博士の振る舞いとして描かれている。要するに博士は、歴代数学者をミキシングし、特に「純粋」「奇人」の側面を切り貼りして造形したきわめて典型的な数学者なのだ。小川洋子の方法として、千野帽子が「人工物《アーティファクト》」[*12]と指摘した通りである。

たとえば小川の『ことり』をみてみよう。主人公である「小鳥の小父さん」には、「自分で編み出した言語」「ポーポー語」で喋る「お兄さん」がいる。兄のことばは、弟である小父さんには辛うじて理解できるが、学術的には「単なる雑音」に過ぎないと言われる。兄は小鳥と心を通わせ、「ポーポー」と名付けるキャンディーの包装紙で「小鳥ブローチ」を作り続ける（コラム⑦参照）。父母亡き後、小父さんは例外を恐れる兄と規則的習慣を築きあげながら、兄のためにごく近い勤務先を選び、兄の恐れる遠出もせず、兄との「二人きりの生活」を慎ましくひそやかに営んでゆく。だが外側からどう見えようとも、兄との暮らしは「荒涼とした不毛の地」ではない。「波は穏やかで、思索にふけるに相応しい木陰があちこちにあり、頭上では小鳥たちがさえずっている」「どこか遠い小島」だった。そして小父さんはその島へいつでも「接岸」していたのだ。

このように『ことり』もまた静謐な閉じられた世界を精巧に作り上げた「人工物《アーティファクト》」という印象の強い小説である。そして風変りで俗世を超越したような兄の造形は、博士のそれに似通っている。

しかし、ここでは『博士の愛した数式』が「私」の語りであるという点を問題にしたい。義姉と睦まじく写真に写り、「大学の数学研究所に就職」して自動車の運転もしていたはずの博士を、主人公「私」がいかにも作り物めいた「奇人」数学者として語る意味である。それもまた家政婦の語りであることに理由づけられる。「私」は清と同じように、「贔屓目」で雇い主を「製造して誇ってる」のだ。家政婦だからこそ、偉人数学者に見立てて語ることも許されるというスタンスで、辻褄の合わない不自然さや偏向を押し通しているのである。

だがしかし、この語りに込められた意味は清ほど単純ではない。「私」はもっと策略家なのだ。この物語には家政婦らしいバイアスがあるというだけではない。いかにもステレオタイプの数学者像として語ることで、「製造して誇」る家政婦らしい語りは装いに過ぎないことをむしろ明かしている。捏造と欠落、編集があることを隠そうとはしていないのだ。そうすることで、「私」は「現実を物語化」していることを自ら暴露しているのだ。

のちにも触れるが、この「現実を物語化」するとは、小川がアンネ・フランクを論じたなかの用語である。「アンネは（中略）日記を書くという行為を通して現実を物語化し、なんとか心の均衡を保ってきたのです」と、小川は述べている。[*13] 小川におけるアンネの受容については、中村三春が「アンネ・コード」という用語で既に論じている。[*14]

二 「優れた女中」となって語る

以上のように、『博士の愛した数式』は、主人公が家政婦であることが重要な設定になっている。そして「私」は、先に引用した小川自身の「家政婦さんという職業」の定義どおり「すべてを受け入れ、耳を傾ける」忠実な家政婦である。一方その引用の前半部にある「家政婦さんなら、ずかずかと無遠慮に人の人生に踏み込んではきません」という定義には、「私」は当てはまらない。「私」だけではなく、家政婦とは必然的に「人の人生に踏み込んで」いく職業ではないだろうか。

中島京子『小さいおうち』[*15]には「女中奉公」ということばが有効だった時代の話が描かれている。そのなかに、語り手のタキという元女中が聞いた「ご主人様のために、お友達の原稿を暖炉で焼いて差し上げた女中の話」がある。イギリスのある女中は「ご主人様の立身出世を願う心から、むしろ率先して、カタキにあたる友人の原稿を焼き、自ら、その罪をかぶった」という。そしてその話をした小説家小中先生から、「優れた女中は、主人が心の弱さから火にくべかねているものを、何も言われなくても自分の判断で火にくべて、そして叱られたら、わたくしが悪うございました、という女中」だとも聞く。

タキは「市原悦子が出てくるテレビドラマなどを見て、家政婦や女中なんてものは、いつでも家人の手紙を勝手に読んでいると思うようだが、わたしたちはそんなことはしないのである」と言いつつも、結局は「優れた女中」として、心から慕う「時子奥様」の「人生に踏み込んで」しまう。またその「市原悦子が出てくるテレビドラマ」は『家政婦は見た！』であるが、その原作松本清張「熱い空気」[*16]の河野信子は、もちろん「優れた女中」ではない。大学教授稲村の「書斎」で「家人の手紙」を探し、巧妙に家庭の平和を攪乱して「人の人生に踏み込」むことを楽しみにする女中だ。

「私」はタキと同様に「何であれ雇い主のものをこっそり覗くのは、家政婦として最も恥ずべき行為だと承知」してはいる。だがもともと「主《あるじ》の歴史を語る微笑ましい小物、秘密めいた写真」に「興味をそそられる」ことはあった。そしてその「ささやかな楽しみを味わう」ように、「ある日、書斎の本棚」から「クッキーの缶を見つけ」、「更に本棚の奥からは、埃《ほこり》だらけの大学ノートの束」を取り出す。そしてノートを「束ねた紐」をはずしたのか、「めくっても、めくっても」というほど読みふけり、ついに「14：00図書館前、Nと」という「殴り書き」を見つける。「クッキーの缶」からは、Nへ捧げられた数学の論文とともに博士と未亡人との写真がのちに発掘される。「それまでの遠慮が消え、大胆に」その秘密を発見する「私」の姿は、「優れた女中」に最も遠い河野信子の「書斎」での振る舞いに重なる。しかしもちろん、信子と「私」とは決定的に違う。信子が悪意から秘密を探っているのに対して、「私」は博士と未亡人との関係の真実を捉えるためにしたのである。そのうえ、あたかも「わたくしが悪うございました」とでもいうように、「家政婦として最も恥ずべき行為」という自覚を「私」は周到に挟み込んでいる。

その「クッキーの缶」に隠されていたNへ捧げられた数学の論文の日付は、一九五七年。博士が二九歳の時である。そして博士の兄、すなわち未亡人の夫が亡くなったのは、博士が博士号を取得し、大学の数学研究所に就職した矢先である。その後、一九七五年に博士と未亡人が一緒に交通事故に遭うまで、「それぞれの穏やかな生活」があったという。それはどれくらいの期間なのだろう。一〇年以上経っていたのではないか。兄が亡くなっても二人が結婚しなかったのは、その関係が兄の生きている頃から、すなわち一九五七年頃からであったために、却って罪責感が重く二人にのしかかっていたからだろう。早世した亡夫への贖罪の日々の果てに不幸な交通事故に遭い、その運命に恂々と従う道を未亡人は選んだのだ。表層からは推し量ることのできない二人のこうした関係の深部を、「私」は「クッキーの缶」の底に見出したのである。

「未亡人」という差別的ともいえる呼称[*17]を使い続けるのも、彼女自身が博士を「ギテイ」「義弟」と冷たく名指していることに由来する。彼女があくまで義理の姉弟という装いで過ごすことを選択している限り、それを尊重するのがプロの家政婦なのである。

ただし「私」は二人の関係をそっと暗示する。たとえば「ルートマイナス1」の Imaginary number「・i」について、博士は「自分の胸を指差し」て「ここにあるよ」と言ったという。「我々の心の中にあって、その小さな両手で世界を支えている」のは虚数「・i」、すなわちアイ（＝愛）

である。直線と同じく、虚数は目に見えないが、博士の胸の中には存在すると比喩的に明かしている。あるいは、「そんなにも美しいものたちが隠れていることなど誰にも知られないままに、しんとしていた」図書館の数学コーナーや、そこにある「誰の手によって開かれることもなく生涯を終える数学書」として、二人の関係をそっと指し示す。

「クッキーの缶」のなかの数学の論文は、捧げられたNのものであるならば、そこへ写真とともに入れたのもN、すなわち未亡人であろう。秘められたものでありながら、その「美しいもの」は確かにそこにあり、真の理解者を待っている。外部でもあり内部でもあるという家政婦の立場で、「私」は婉曲に語っている。

「私」にとって博士が特別な雇い主であっても、八〇分の記憶しかない博士にとって、記銘されることのない「私」が特別な家政婦であるとは言い難い。だがもう一人の、真の雇い主である未亡人にとって、「私」は特別な家政婦だ。

クレーマーの未亡人は、派遣された家政婦の九人を「私」の前にすでに交代させていたが、「私」だけは再雇用した。そのきっかけは「私」が解雇された後に、ルートが一人で博士の家に「遊びに来た」ことだった。ルートと博士を前に、「私」と未亡人とが口論になると、博士はある数式でその場を収めた。その数式こそ、「クッキーの缶」に秘蔵されていた博士から未亡人への愛の捧げものだったのだ。そして未亡人はその時、数式が記された「メモ用紙」を「私」がとるのを「黙認」した。未亡人は、その数式を前に「数式の美しさを正しく理解している人の目」をしていたという。

初対面の時、「警戒心に満ちた目」をしていた未亡人は変わった。この時二人は数式を介して和解し、理解しあったのだろう。そして「私」の誡は撤回されたのだ。

病状が重くなった博士が施設に入所することを告げたときは、次のように語られる。

「私には分っておりました。義弟が唯一のお友だちと一緒に過ごせるのは、もうあの夜で最後になるだろうと。あなたご自身も、お気づきになっていらしたでしょう？」

私は何も答えられず、ただ黙っていた。

「八十分のテープは、壊れてしまいました。（中略）」

「施設へお世話にうかがってもいいんです」

「その必要はありません。（中略）」

「い、い、い、い、」

「私がおります。義弟は、あなたを覚えることは一生できません。けれど私のことは、一生忘れません」

未亡人は「私」が、博士とのお別れのためにパーティを開いたのを知っていたのだ。そして「お気づきになっていらした」と言って、「私」の〈鈍感な装い〉にも気づいていることを告げ、ある決心を打ち明ける。それは「私がおります。義弟は（中略）私のことは、一生忘れません」という言葉に表れている。「遺産を食い潰」す厄介者の「世話」を、いかにも不承不承していると見えたポーズから、その警戒心を解いて、二人の関係を認めることを言明したのである。それは「クッキーの缶」に深く閉じ込めた秘密、写真と論文に託された二人の秘密を、「私」が知ったうえで「すべて受け入れ」る家政婦だからである。いわば「主人が心の弱さから火にくべかねているものを、何も言われなくても自分の判断で火にくべ」た「優れた女中」のように、「私」は「クッキーの缶」を開けたのだ。

博士が施設に移ってからの未亡人は、もう冷淡なポーズなど必要なく、「私がおります」と博士を支える責務を全うしただろう。このように、家政婦とはむしろ「人の人生に踏み込んで」いくものなのである。

三　シングルマザーは語る

「彼のことを、私と息子は博士と呼んだ」と始められる「私」の語りには、既に失われた「博士と一緒に過ごした時間の密度」への郷愁と哀悼が滲んでいる。だが「物語化」されているのは、博士の物語だけではない。その背後から浮かび上がってくるのは、「私」のシングルマザー物語である。物語は「最後の訪問」の日で結ばれているが、その日は、「ルートが二十二歳を迎えた秋」だった。

「ルートは中学校の教員採用試験に合格したんです。来年の春から、数学の先生です」
私は誇らしく博士に報告する。

ルート自身の人生は、博士との出会いを礎に（コラム⑥参照）本格的にはこれから始まる。もちろん四〇歳の「私」の人生も続く。だが「私」のこの物語は、息子の就職を末尾に置くことで、シングルマザーの役割完結と語りの完結を重複させているのだ。

「私」はシングルマザーとして「十八歳で、無知で、独りぼっち」でルートを出産した。自身の心情を投影させるかのように、「間違った場所に置き去りにされた不満を、誰かに訴えているかのようだ」と産んだばかりのルートを見ていた。そしてルートは「そもそもこの世に生まれた瞬間から、もう泣いていた」。そのルート出産の日を、「貴重な一日」として祝ってくれた博士を、「友愛の契りを結んだ」人として、育児の伴走者として語る。この物語は、シングルマザーとしての「私」の成長物語であり、その物語の構築に、雇い主の功績というファクターを入れ込むことが目論まれているのだ。

語っている「私」自身は、手厚くケアを受けることの少ない子どもだったろう。「物心ついた時、父親の姿は既にな」く、働く母に代わって「小さい頃から」「家事全般」をしていたという。母からは「ハンサムで立派な父の姿ばかり」聞かされたが、思春期になるころには、「母の語る幻想」に幻滅し、「私と母を放り出したまま」の「父親がどんな人間であろうが、どうでもよくなっていた」。そのうえ高校生の時に出会った「電気工学の勉強をする」「物静かで教養豊かな青年」であったはずのルートの父親は、ルートを身籠った「私の前から姿を消した」。結婚というものへの執着のように「結婚式場で働いて」キャリアを積む母親は、「立派な」「幻想」の父親を捏造し、結婚しないで子どもを産む「私」を許さなかった。

同じ「ひとり親家庭」でも、父子家庭より母子家庭のほうが貧困率は高い。[*18] そして同じシングルマザーの中でも、死別、離婚、非婚によって差があり、婚姻歴のない非婚シングルマザーは、寡婦控除が適用されないことをはじめ、様々な不利益があるという。[*19]

それでも「私」は非婚シングルマザーとしてルートを育てる。自分の父親にも、息子の父親にも恵まれることのなかった「私」は、母のようにはなるまいという気概で、息子を育てていただろう。「他人から、父親のいない貧乏な家の子、と見られるのを何より嫌が」り、「立派な父」を捏造した母。その母とは別の生き方である。「私」は決してルートに「立派な父」の「幻想」など話さなかったろう。

しかしルートの父親の消息が新聞に載る。「若手の技術研究者に贈る賞を、彼が受賞した」のだ。「私」はそれを「ファーボールの呪い」という不運の連鎖の一つとして語っている。学業を諦め、援助者も理解者もなく、「家事のプロ」となってルートを一一年育ててきた「私」と、何も手放すことなく順調に「電気工学の勉強」を重ね、自己実現を果たす「彼」との落差。それを思えば、記事を見たときの「私」が、「呪い」と感じるほど、安からぬ心を抱いたことはやむを得ない。「私」

は新聞を「くしゃくしゃに丸めてごみ箱へ捨てた」。しかし「思い直して」、記事を切り抜く。

私は自分に言い聞かせた。
「ルートの父親が賞をもらった。喜ばしいことだ。ただそれだけのことだ」
そして記事を折り畳み、ルートの臍の緒の箱に仕舞った。

既に「小さく折り畳ん」だ「写真」を入れていた「臍の緒の箱」に、さらに「記事」を「仕舞った」とき、「私」の中の「彼」も仕舞われたのだろう。新聞記事で「彼」の足取りを知っても、後追いなどしないと心に決め、4の階乗にふさわしい「実に潔い」生き方を意志的に選ぶ。本来ならば「ルートの父親」はもちろん責任を負うべきである。だがそれを望まず、いかにも「潔い」振る舞いとして「私」は語ってしまう。それでも「臍の緒の箱」に入れることで、ルートが自分の父親がだれであるかを知る機会は残したのだ。ただし「彼」は「ルートの父親」以上の人ではない。「私」の母は「私」に「父親」を知らせぬままに亡くなってしまったのだろう。だが「私」はルートに、それを知る手がかりを残した。「誰の手によって開かれることもなく生涯を終える数学書」のように、闇に葬られる可能性はある。だが、博士の書斎の「クッキーの缶」のように、開けられる日を待ち、思いがけず日の目を見る可能性は残る。ともかくもルートに生物学的な父親を与えたのである。

「ルートの父親」が賞を受けるような「若手の技術研究者」であることは、ルートの数学的感性や能力との何がしかの因果関係を感じさせる。しかしながら、ここで留意すべきなのは、博士との擬似師弟関係や擬似父子関係こそが、ルートを「数学の先生」に導いたように、「私」の語りが傾いていることである。ここに「私」の物語の方向性が顕著に表現されている。

ルートの「頭を撫で回しながら」「賢い心が詰まっていそうだ」と言い、「私」の靴のサイズから「実に潔い」と定義し、自分たちは「神の計らいを受けた絆で結ばれ合った」「友愛数」だと博士は教えてくれたという。それらはすべてこの物語のなかで、自分たち親子を予言的に導いているかのようだ。だが事実は逆で、「博士から教わった数えきれない事柄の中」から、「私」のシングルマザー物語構築のために必要なことばを取捨選択し、事後的に特筆しているに過ぎないのだ。博士の予言か洞察力かのように語ることで、博士の類まれな能力として、「家政婦」の「私」は、雇い主を称揚している。

「私」の母が「私」の父を捏造して語ったように、「私」もまた博士を捏造している。だが、博士は「すらりと背が高く、英語が堪能で、オペラに造詣が深く」云々という陳腐な像ではなく、「美術館の彫刻のように」「手を差し伸べる気配」のない冷淡な父親でもない。偉大なる歴代数学者をミキシングした博士像でありながら、ルートの成長に「抱擁」をもって関わった人として、物語の重要な登場人物にしているのである。

四　アンネ・フランクのように

家政婦という職業は、多様な職務の様態があるはずだが、博士宅で「私」が担ったのは、食事と掃除といった家事代行だけではなく、ケア労働の側面があった。未亡人が「世話をしてほしいのは、ギテイです」と「私」に依頼していることでも明らかである。「私」は私的領域では小学生のルートの母として、公的領域ではプロの家政婦としてケアを担ってきたといえる。

ケア労働には感情労働に伴う負担があり、努力や技能が報われないことへの不満も当然付随したであろう。また幼い子を独りで育てながら、「私が持っているささやかな能力を生かせる場所」が家政婦という職業にしかなかったという件に、ケア労働に対する社会的評価の低さがみられ、家政婦紹介所の理不尽な扱いも見え隠れする。

だが「私」はそのような負の側面をほとんど語らない。それが母というものであり、「家事のプロとしての誇り」だとでもいうのだろうか。「私」は綺麗事に終始し、現実の問題から目を背けているのだろうか。いや、そうではない。そこには小川のいう「物語の役割」が関わっているのだ。

非常に受け入れがたい困難な現実にぶつかったとき、人間はほとんど無意識のうちに自分の心の形に合うようにその現実をいろいろ変形させ、どうにかしてその現実を受け入れようとする。もうそこで一つの物語を作っているわけです。[*20]

父も知らず、母から見放され、赤ん坊の父親も姿を消したなかで出産し育児をしてきた非婚シングルマザーの「私」が語った物語は、二二年の苛酷であろうその「困難な現実」を、誇るべき成長物語に「変形」させたものだったのだ。人生の暗部や、社会的問題は削除され、むしろ達成感や懐旧的彩りに満ちている。これは第一節末尾で述べた「現実を物語化」することにつながっている。

語りつつある「私」には、母が「立派な父」の「幻想」を語り続けた意味が分かっていただろう。その「幻想」は、母もまた「困難な現実」を前に「その現実を受け入れようと」したための物語であったのだ。重要なことは、第一節にも述べたように、その語りが「物語化」であることを露呈させていた点である。「私」はこの語りが、編集を経て語られた物語であることを隠さなかった。「困難な現実」があるからこそ、現実から遊離した物語を「私」は語っているのだ。この語りは、「現実を物語化」する実践であり、アンネ・フランクが「なんとか心の均衡を保」つために必要とした日記に通じる。語られた博士との日々が物語に過ぎないことを示すことで、「困難な現実」が困難なままに厳然としてあることを浮きたたせている。

要するに、この『博士の愛した数式』という小説は、「物語」とは何かを示した小説なのである。ときに陳腐な「幻想」に聞こえようとも、あるいはステレオタイプの数学者に見えようとも、人は「物語」を必要としているのだ。

おわりに

『博士の愛した数式』は「私」とルートと博士との微笑ましい交情として読むこともできるが、細部からは多重の苦難に主人公が取り巻かれていたことが浮かび上がる。たとえば若年の妊娠と出産、妊娠による学業の挫折、非婚ひとり親家庭の孤立した育児や貧困、ケア労働での搾取などである。「私」が語るのは、不平等で冷徹な社会を恨むことなく慎ましく強く生きる物語であるが、これらの問題はむろん放置されてはなるまい。

本章では研究史の中でしばしば指摘されてきた主人公「私」の作為的な語りについて、それを積極的に評価し、家政婦という職業に関わることを論じた。「私」は〈鈍感な装い〉で雇い主の「すべてを受け入れ」る忠実な家政婦であるからこそ、不自然に偏った語りをしていたのである。「私」は博士をほめたたえ、未亡人との長く秘められた関係の歴史に気づかぬように振る舞い、「優れた女中」としてその「人生に踏み込んで」いく。

そしてここには、博士と未亡人の物語とともに、「私」のシングルマザー物語が語られている。それは息子ルートを独りで産み、家政婦をしながら、「数学の教師」にまで育ててきた「私」の成長物語である。そして生物学的父ではなく、博士との出会いこそがルートと「私」の人生に欠くべからざるものと方向づけた物語、いわば現実を「変形」させた物語である。それは「私」が苛酷な情況を乗り越えるための「現実の物語化」だったのだ。

＊作品本文の引用は以下に拠る。
小川洋子『博士の愛した数式』（新潮文庫、二〇〇五）
小川洋子『ことり』（朝日新聞出版、二〇一二）
中島京子『小さいおうち』（文藝春秋、二〇一〇）
夏目漱石「坊っちゃん」（『漱石全集　第二巻』岩波書店、一九九四）
松本清張「熱い空気」（『松本清張全集7――別冊黒い画集・ミステリーの系譜』文藝春秋、一九七二）。

＊本章は「シングルマザー物語としての『博士の愛した数式』――家政婦という装い」（『愛知淑徳大学国語国文』第四一号、二〇一八・三）を大幅に改稿したものである。

1――前田塁「嘘をつく男そして／あるいは他者と〔しての〕忘却」（『ユリイカ』二〇〇四・二）。
2――山田夏樹「編集される記憶と「家族の物語」――小川洋子「博士の愛した数式」におけるサイボーグ的表象」（『昭和文学研究』二〇〇七・九）。
3――清水良典「文芸時評」（『群像』二〇〇三・八）。
4――関谷由美子「小川洋子『博士の愛した数式』の語り手――〈離れ〉と〈暗闇〉」（『社会文学』二〇〇八）。
5――夏目漱石『坊っちゃん』（初出『ホトトギス』一九〇六・四）。
6――小川洋子『物語の役割』（ちくまプリマー新書、二〇〇七）。

7――清水美知子『〈女中〉イメージの家庭文化史』（世界思想社、二〇〇四）。
8――注2に同じ。
9――藤原正彦「解説」『博士の愛した数式』（新潮文庫、二〇〇五）。なお、引用中の書名表題は、藤原正彦『天才の栄光と挫折――数学者列伝』（新潮選書、二〇〇二）。
10――小川洋子・岡部恒治・菅原邦雄・宇野勝博『博士がくれた贈り物』（東京図書、二〇〇六）参照。
11――『天才の栄光と挫折――数学者列伝』（注9）、ポール・ホフマン『放浪の天才数学者エルデシュ』（平石律子訳、草思社、二〇〇〇）参照。
12――千野帽子「少年少女・家庭の医学――肺病で夭折した文學少女の霊に取り憑かれてしまった人たちのための小川洋子入門」（『ユリイカ』二〇〇四・二）。
13――小川洋子『NHK100分de名著』（日本放送協会・NHK出版編集、NHK出版、二〇一四）。
14――中村三春「小川洋子と『アンネの日記』――「薬指の標本」『ホテル・アイリス』『猫を抱いて象と泳ぐ』など」（『北海道大学文学研究科紀要』二〇一六・七）。
15――中島京子『小さいおうち』（初出『別冊文藝春秋』二〇〇八・一一～二〇一〇・一）。
16――松本清張『別冊黒い画集』（初出『週刊文春』一九六三・一～一九六四・四）中の第二話。
17――山田夏樹（注2）が指摘。
18――阿部彩『子どもの貧困――日本の不公平を考える』（岩波新書、二〇〇八）。
19――赤石千衣子『ひとり親家庭』（岩波新書、二〇一四）、厚生労働省『平成28年度全国ひとり親世帯等調査結果報告』ほか参照。
20――注6に同じ。

コラム⑥

出会いを生きる子ども

小川洋子『ミーナの行進』など

佐々木亜紀子

小川洋子『博士の愛した数式』(二〇〇三)に登場するルートは、非婚の母と二人で暮らす小学生である。一時的には祖母が近くにいたものの、祖母亡きあと、ルートがもっとも親しく心を許した大人は「博士」だっただろう。「博士」とは、母が家政婦として派遣された先の「離れ」に住む数学者である。母の働く「離れ」でルートは母以外の大人に出会い、「博士」から数学の世界に導かれていったのである。

保護と教育の対象としての子どもを中心に、父と母と子どもが情緒的に結ばれ、親密で(intimate)、私的で(private)、家内的に(domestic)営まれる家族を〈近代家族〉という(落合恵美子『近代家族とフェミニズム』一九八九など参照)。だがルートのように、〈近代家族〉規範とは異なる家庭で育つ子どもも多いはずだ。この小説はそのような家庭の子どもこそが、ルートのような出会いに恵まれることを夢見させてくれる。以下、小川洋子の小説から同様の立場の子どもたちを見てみよう。

『猫を抱いて象と泳ぐ』(二〇〇九)の少年は、両親の離婚ののち母が亡くなり、母方の祖父母に愛情ふかく養育されている。だが孤独を抱える少年はある偶然からバス会社の寮の管理人「マスター」と出会う。そして彼からチェスを教わり、ロシアのチェスの名人になぞらえて「リトル・アリョーヒン」と呼ばれるまでに才能を開花させてゆく。「ひよこトラック」(『海』二〇〇六)には、父が行方不明のまま母が死去し、アパートの大家をする祖母に引き取られる少女が登場する。少女は失語状態にあるのだが、アパートの住人であるホテルのドアマンの男と無言のうちに心を通わせ、ひよこをきっかけに言葉を取り戻す。

彼らは親を失って一見孤立したかにみえるものの、他者と出会い、居場所を見つけている。いやむしろ、小説は他者と出会うために、子どもを〈近代家族〉から引離しているとすらみえる。

また親類・縁者のなかに育ち、出会いを経験する子どももいる。『シュガータイム』（一九九一）の主人公かおるは、母亡き後「父親と小さな娘二人きりの家庭」で育った。そこへある時「〝新しいママ〟という人」が「小さな弟」航平と一緒にやって来る。のちに航平は「かすいたい、っていう所が悪いらし」く、「大きくなれない」ことが判明する。航平はその後、高校を卒業して「修行」の道を選ぶのだが、母は納得できない。だがかおるは、航平の修行先の教会の「離れ」に住みながら、「小さな弟」の選択を受け入れている。閉ざされた私的な空間ではなく、教会の同じ敷地に住む姉弟として理解し合うのである。子連れ同士の再婚が、互いにひとり親だった二人の子どもの出会いとして描かれている。新しい姉弟を得ることが、子どもにとって豊かな人間関係の加算となっているのだ。

『貴婦人Aの蘇生』（二〇〇二）では、主人公「私」は、伯父に続いて大学教員をしていた父を亡くす。教員住宅を出ることになったために、「母は弟を連れて父の実家に身を寄せ、自立の方法を探し、私はユーリ伯母さんと一緒に住んで面倒を見るのを条件に、伯父さんの遺産から学費を出してもらうこととなった」（傍点は引用者による）という。ユーリ伯母さんとは、亡くなった伯父の妻である。夫を亡くしたこの伯母の「面倒を見る」ことを、住居と「学費」のための「合理的でまっとうな解決方法だ」と「私」は語る。だが大学生の「私」にとって、それが「まっとうな解決」とは到底言い難い。なぜなら、伯父の遺した

「館」は動物の剥製だらけで、同居する伯母は「ロマノフ王朝最後の皇女アナスタシア」と自認する七九歳のロシア人女性で、偏った性癖をもっていた。それでも「私」は、母と「父の実家」に身を寄せた弟を羨んだり、理不尽な情況を呪ったりしない。「死の嵐が過ぎ去ったあとの新しい季節へ」と果敢に挑んでゆく。「私」は伯母に寄り添ってケアし、その風変りな世界を共有し、「自分に与えられた役割を全う」するのである。

『ミーナの行進』（二〇〇六）の主人公朋子もまた親戚と暮らす子どもである。岡山に住む朋子が小学生の時、胃癌で父が亡くなったため、母は縫

小川洋子『ミーナの行進』
（中央公論新社、2006）

製工場の勤めと洋裁の内職で生計を立てていた。だが「洋裁の技術をアップさせ、より安定した仕事に就くため、東京の専門学校」に入ることになる。母がスキルアップを目指す一年間、朋子は中学入学と同時に母方の伯母宅に預けられる。芦屋に住む裕福な親戚一家は、初対面の朋子に優しい善人ばかりである。だが、「もう一つ別に帰るべき家がある」伯父さんは不在がちであり、伯母さんは飲酒と喫煙と誤植の発見に明け暮れている。留学中の従兄は父親と距離をとっており、一歳年少の従妹ミーナは病弱で、ローザおばあさんは双子の姉を戦時中にナチスによって喪《うしな》っている。憧れていた親戚の内側に身を置くことで、朋子は〈父の不在〉を別の形で目の当たりにし、家族それぞれの哀しみにふれながら、ミーナの成長に同伴する。小説は一九七二年を掛け替えのない一年として回顧しつつ、実在した街の細部をふんだんに書き込んでいる。しかし主な舞台となる「山の上の洋館」はその海抜の高さ分だけ現実から浮遊

し、人工的な懐古趣味に彩られている。

現実感が希薄なこうした作風は小川の小説に共通するが、それはややともすれば解決困難な課題を棚上げすることにもなる。ここまでみてきた子どもがみな、不運や不遇に陥っても苛酷な情況を甘受したままとどまり、現実的な打開や救済に向かっていかないことは指摘できる。その極端な例としては、『琥珀のまたたき』(二〇一五)と『ホテル・アイリス』(一九九六)が挙げられる。

『琥珀のまたたき』では、主人公の「琥珀」たち三人の子どもはひっそりと閉じ込められ、成長を許さぬように奇妙で小さな服を着せられている。それは非婚の母が末子を失ったことを契機に、外部との交渉を極端に恐れるようになったためであった。また『ホテル・アイリス』では、暴力的に抑圧する母と二人で暮らす娘が、初老の男の暴力に溺れて男の家に導かれていく。やがてそれらは「監禁」「誘拐」として外部から糾弾されることになる。だがこの二作では、子どもはそれを絶対的に拒否すべき暴力としては感受していない。子どもという別の角度からみた世界が描かれているのだ。

現実に踏み込んで描けば、孤立、貧困、虐待といった苛酷な情況が露呈するだろう。しかしこれらの小説の救いは、たとえばルート、ミーナ、アンバー(琥珀)といった名前にも漂うファンタジックな彩りやノスタルジックな感触にある。現実問題をリアリティある手法では扱わないことによって、仮想ゆえの可能性を提示している。一面、痛ましくもある運命を、決して不幸とは受け取らず、むしろ新しい出会いのある人生として子どもが自ら「行進」していくことを、祈りにも似たかたちで描いているのだ。

＊本コラムは「小川洋子『ミーナの行進』が描く一九七二年――〈模像〉のノスタルジー」(『愛知淑徳大学国語国文』第四二号、二〇一九・三)に一部重複する。

コラム⑦

アウトサイダー・アートをめぐる小説　村上春樹『1Q84』・小川洋子『ことり』

佐々木亜紀子

「アール・ブリュット」と呼ばれるアートがある。フランスの画家ジャン・デュビュッフェが、精神科医ハンス・プリンツホルン『精神病者はなにを創造したのか――アウトサイダー・アート／アール・ブリュットの原点』（一九二二、邦訳二〇一四）に刺激を受けて提唱した概念である。その後ロジャー・カーディナルの *Outsider art*（一九七二）が契機になって「アウトサイダー・アート」の用語が広まった。厳密な定義は困難だが、美術教育などの「制度」の外側にいる者によるアートである。美術評論家椹木野衣は「外道」にあって「公的な評価をもたない無名者や犯罪者、精神病患者や幻視者たち」をその担い手としてあげ（『アウトサイダー・アート入門』二〇一五）、服部正は「アートが本来持つべき自由さと奔放さ」や、「一代限りの積み上げのなさ」にその「独自性」（『アウトサイダー・アート――現代美術が忘れた「芸術」』二〇〇三）があると指摘している。

具体的には、犯罪を契機に三五年間精神病院で描き続けたアドルフ・ヴェルフリ（一八六四～一九三〇）の独自な絵と楽譜や、救貧院に移送されるまで人知れず膨大な物語絵巻を作り続けていたヘンリー・ダーガー（一八九二～一九七三）の『非現実の王国で』などがあげられる。日本では、喜舎場盛也（一九七九～）が使用済みの航空管制記録紙に書き連ねた漢字のアート、勝部翔太（一九九一～）がツイストタイ（パン袋の封などに使用する針金）で作成した小さな人形などが知られ

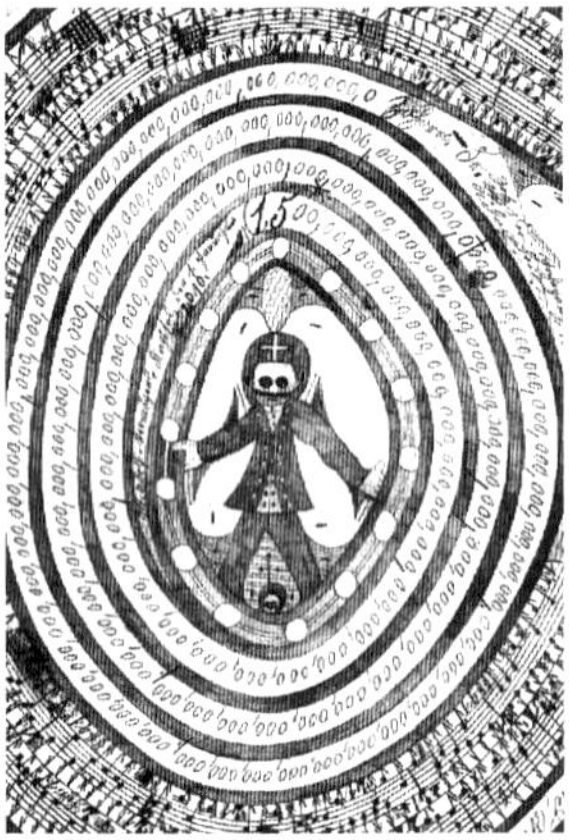

アドルフ・ヴェルフリ「二冊目の大きな本＝行進曲1913」部分（『地理と代数の書』第12冊）

ている。日本のそれらはフランスでも評価されている。

小川洋子の『不時着する流星たち』（二〇一七）「第一話」は、主人公の「私」が子どものころ、義父の連れ子である「姉」と暮らした日々を回想形式で語る小説であるが、末尾には先にあげたダーガーの紹介文があり、この小説が彼をモチーフにしていることが示されている。この「姉」は「『子供たちを守護する会』の人々」の「冒険談」を語り、夜な夜な何人もの人間になって物語を紡ぎ続ける。ダーガーも独居の部屋で、幾人もの声色で物語を繰り広げていたという。だが彼が「姉」と異なるのは、語るだけではなく絵巻物語を描いた点と、アーティストでもあった家主が、彼の残したゴミの山からそれをアートとして発掘した点である。「第一話」はアートとして見出されることなく、まさに「不時着」して消えた〈声〉の物語が確かにあったことを伝えている。

それとは逆に、〈声〉で語られた物語がアートとして見出されたという設定の小説がある。それは村上春樹『1Q84』（二〇〇九～二〇一〇）である。

『1Q84』には「空気さなぎ」という小説内小説が登場するのだが、実はこれはもともと「ディスレクシア」「読字障害」（Book 1-8）のふかえり（深田絵里子）が、〈声〉として語ったものであった。それが口述筆記され、目をとめた編集者の依頼から、主人公天吾がゴーストライターとして「書き換え」たのである。そうして売り出されるや、「空気さなぎ」は皮肉にも新人賞を受賞してベストセラーになる。だがこの「書き換え」という背信行為は、文学賞や文壇という「制度」を揺るがすといったレベルでは済まされなくなる。「空気さなぎ」は主人公たちが生きていた一九八四年という世界を突き崩し、「1Q84年」というもう一つの世界を創造するのである。

ふかえりはディスレクシアであるだけではなく、宗教団体の中で幻視者として育った少女である。書きことばのシステムや世俗から疎外され、いわばアウトサイドに育ったのだ。だが彼女の語った〈声〉には編集者の言う通り「特別な何か」（Book 1-2）がある。それがインサイドの世界を根幹から覆す危険な「何か」であったとしても、その「特別な何か」を収奪しつつ自己を刷新する誘惑に抗することはできないのだ。

『1Q84』にはふかえり以外にも、アウトサイダー・アートの作り手といえる「ネズミを取り出す」（Book 2-17）少年も登場する。「プロの用心棒」（Book 1-7）のタマルは、戦後の北海道の孤児院でこの少年と共に育った。タマルの言葉を借りれば、「黒人」の兵隊と「売春婦かバーの女給」との「混血」で、「いわゆるサヴァン症候群」の少年である。徹底してアウトサイドに位置づけられてはいるが、少年は「あっという間に見事な木彫り」のネズミを作ることができる。それもネズミだけを作り続ける。「カトリックの神父」でもある「孤児院の院長」は、そのネズミを「民芸店に置かせてもらい観光客に売」って私腹を肥やす。ふかえりの「空気さなぎ」と同じく、期せずして商業システムの流通に乗せられてしまうのだ。これはアウトサイダー・アートというものが必然的に引き寄せる脆弱性といえるかもしれない。

『1Q84』は大作であり、そこに提起されるモチーフは多岐にわたるが、ここで話題にした一面から、アウトサイダー・アート理解でのメタファーとして読んでみることもできよう。

ここでもう一度小川洋子の小説に戻ってみると、

『不時着する流星たち』以外にも、アウトサイダー・アートといえるものが描かれている。それは『ことり』（二〇一二）の「お兄さん」が作る「小鳥ブローチ」である。

『ことり』には、主人公「小父さん」とその兄との密やかな暮らしが描かれている。お兄さんは小鳥を愛し「ポーポー語」で話す人であり、薬局に「ポーポー」という「棒付キャンディー」を週に一度買いに行くことだけが社会との接点だった。彼はそうして集めたキャンディーの包装紙を、「斜面」と「配色」に気遣いながら重ね、「滑らかな地層」にし、カッターで「地層」から「空を飛んでいるレモンイエローの小鳥」を切り出す。弟である小父さんは驚嘆し、それがブローチとなって母親への最後の誕生日プレゼントになったことを意味深く思う。しかしその小鳥ブローチを「さほどの意味はない」としか考えない薬局店主に、お兄さんは渡してしまう。彼には「時間と手間」も「母さんの形見」という意味づけも無効なのだ。そもそもなぜ「ポーポー」なのか。彼の内密性ゆえに、その理由はキャンディーの「メーカーのシンボルマークが小鳥」だからかと推測するしかない。

お兄さんは、毎週一枚の包装紙という廃品収集のルーティンを重ねて、発展も変化もなく反復的に小鳥ブローチをつくり続ける。この孤絶した姿には、美術「制度」の内側にいる者たちが忘れてしまったアートの核のようなもの、『1Q84』でいうところの「特別な何か」がある。「ポーポー語」は言語学者から「雑音」と分類され、「精神分析、薬物投与、言語訓練、断食療法、転地療養」で治療が施され、「〝正しい〟言葉」へと矯正されようとした。だがそれはお兄さんの存在と分かちがたくある「言葉」であり、「僕たちが忘れてしまった言葉」なのである。そしてもしそれが〈声〉のアートとして掬い取られたら、「1Q84年」のような新しい世界の創造を見ることができたのかもしれない。

第5章

ケアと結婚と国際見合い

楊逸「ワンちゃん」『金魚生活』

尹芷汐

楊逸（ヤン・イー／一九六四〜）
中国ハルビン市出身。一九八七年に留学生として来日し、お茶の水女子大学教育学部を卒業してから、繊維会社や中国語新聞社、中国語講師などの勤務経験を経て、二〇〇七年に小説「ワンちゃん」で第一〇五回文學界新人賞を受賞。二〇〇八年、「時が滲む朝」で芥川賞を受賞。作品はほかに『金魚生活』『すき・やき』『獅子頭』『流転する魔女』『エーゲ海に強がりな月が』などがある。

はじめに

近年、旅行者だけでなく、留学生や会社員、コンビニの従業員、農家と工場の研修生など、様々な外国人がますます日本社会と密接に関わるようになった。今日のケア問題を考えるときにも、外国人は無視できない存在である。介護現場における外国人労働者（技能研修生）の受け入れはすでに二〇年以上続いており、二〇一八年八月の改正入国管理法の可決によって、その規模の更なる拡大が期待されている。

また、家庭の領域においても、ケアを担う外国人が増えている。一九八〇年代の日本では、各地の自治体が農村の「嫁不足」を解決するために、〈国際集団見合い〉を行い、アジア諸地域の女性を日本人男性に紹介するという取り組みを始めたが、それに触発される形で、〈国際見合い〉を専門とする斡旋業も展開されてきた。

もちろん、経済格差を背景とする、日本人男性とアジア諸地域の女性との見合い結婚は、諸々の問題を含んでいる。伝統的な家父長制や言葉の壁、子どもとの関係、性役割分業、価値観・習慣の隔たり、母国との疎遠、宗教の違いなど、外国人妻にとって日本での生活は容易ではない。[*1]また、日本の農村労働力や家事力、ケア要員が外国人妻によって部分的に補填される反面、女性人口が流出する地域（とりわけ経済格差の末端にあるアジア諸国の農村）はそのしわ寄せを受ける結果となるのである。

こうした事実をめぐって、社会学は調査研究と政策への提案を続けてきた。一方、当事者の視点や経験、感情などを考えるときには、文学表象が重要な手がかりになってくる。本章では、国際見合い結婚にまつわる現実をリアルに描出しながら、その中の人間模様をユニークに綴る楊逸の小説を取り上げる。

一　国際見合い――小説「ワンちゃん」

二〇〇七年一二月号の『文學界』に新人賞受賞作として掲載され、二〇〇八年一月に文藝春秋より単行本化された「ワンちゃん」も、国際お見合い結婚という特殊な題材を扱う作品として多くの注目を浴びた。

物語は主人公・中国人女性のワンちゃん（ニックネーム。中国名は王愛勤《ワンアイチン》、日本名は木《き》村《むら》紅《くれない》）が、六人の日本人男性を中国の辺鄙な田舎に連れ出し、一五人の中国人女性とのお見合いパーティーを開くシーンから始まる。男性グループは、買春を目的に何度もツアーに参加する宇野、八百屋を経営する土村、人見知りの山内が主な登場人物であり、女性グループは、「鎮長」の孫娘・張麗麗《チャンリーリー》を除いて、ほとんどが一度不幸な結婚を経験した者である。女の子を出産し、「男を産めない」という理由で姑に追い出された孫領弟《スンリンディー》、夫を交通事故で亡くし、「災いの女」と言われた李芳芳《リーファンファン》、元夫の浮気で離婚を強いられた呉菊花《ウージューファ》という三人の物語が詳しく綴られている。

お見合いパーティーは田舎のみすぼらしいホテルで行われた。言葉も通じない男女は、参加者のプロフィールを入念にチェックしながら、ワンちゃんの通訳を頼りに、必要最小限の会話をするが、もちろん結婚相手を選べるのは男性のほうである。中には山内と孫領弟のように、本物の恋が芽生えることもあるが、ほとんどの人物は結婚を現実的な取引としてわきまえている。例えば土村は、八百屋の手伝いと母の介護を念頭に、忍耐強そうな三〇代女性、呉菊花と李芳芳を候補とした。女性にだらしない宇野は、最も若い女性三人を希望した。このように、日本の結婚市場から疎外された地方の男性たちは、中国の農村では主導権を握っている。

なぜなら、中国の農村家庭と比べれば経済力（例えば、八百屋経営の土村は年収四〇〇万円程度）

があり、日本国籍に伴う年金、健康保険などの社会福祉も魅力的である。斉金英の論文が述べているように、中国では都市戸籍と農村戸籍が区別されており、都市戸籍の住民は給与、年金、医療、住宅などの面で優遇されるのに対して、農村戸籍の人々は十分な社会保障を受けられなかった。経済的に遅れた農村部の人々は、学歴の面でも不利であり、出稼ぎをしても生活状況の大幅な改善が望めない。加えて、男尊女卑の意識が強い農村部では、女性は男児を産まなければ婚家から蔑まれ、場合によって離婚を強要されることもあるため、「ワンちゃん」に登場した女性たちは「古い伝統意識と現代の制度の間で、特に苦しい立場を強いられた」[*2]。つまり、お見合いパーティーに参加するのは、女性たちが中国の農村から脱出するためのサバイバルなのである。

一方、主導権を握る男性たちが求めているのは、家事と介護をこなし、子どもを産むことができる、若くて健康な結婚相手である。例えば、ワンちゃんが土村の母と面談した時、土村の母は、李芳芳と呉菊花の写真を手に取り、「どっちが若いんや?」「細いん違うか、体が弱そうやわ」「この人なら丈夫そうやわ。けどな、子どもを生めるんか?」というように、子どもを産むことと直結する年齢の若さと、八百屋の手伝いや家事をこなすための体力を基準に二人を見比べる。また、結婚生活に失望していた土村が再婚しようとしたのは、母の介護を考えているためだということも述べられる。

ワンちゃんの仲介業は、本質をいえば女性の身体とケア労働を商品として、そうした男性客に売り込むことである。彼女は自分の商売を、中国の農村で差別を受ける女性たちに対する手助けだと認識しているが、それは男性側の都合を優先した上でのことである。実際、彼女はひそかに土村に好意を抱いており、それで土村の希望した二人の中から、「災いの女」といわれた李芳芳を避け、健康そうな呉菊花を彼に強く薦めた。「災い」が土村に降りかからないためである。疋田雅昭が指摘したように、「「ワンちゃん」の中国人女性に対する感情は、その意味において、至極ご都合主義的なもの」[*3]であろう。皮肉なのは、ワンちゃん自身もかつてこのように、「商品」として売られた一人だったということである。

二　「ワンちゃん」と国際結婚の現実

「ワンちゃん」は、現在進行中の「ワンちゃんの結婚仲介業」と、回想として書かれた「ワンちゃんの国際結婚」という二つのタイムラインが交叉する物語である。中国人男性と一度結婚したことがあり、息子を一人持つワンちゃんも、お見合いパーティーで自分を売り出すのに成功し、日本人の夫と再婚したのである。縫製技術と商売に長けた彼女は、一九八〇年代中国の市場自由化と経済発展の波に乗り、自らの工場を作り上げて繁盛させていたが、中国人の元夫は正真正銘の遊び人で、結婚してすぐ仕事を辞め、ワンちゃんからお金をむしり取って贅沢をきわめ、浮気も繰り返した。元夫の搾取に耐えきれず、ワンちゃんは離婚に踏み切ったが、条件として全財産と息子の親権も放棄した。にもかかわらず、元夫は離婚後も息子を連れ、何度も金を無心しに来たため、どこにも逃げ場がないワンちゃんは、「外国へ行くしかない」という考えに至った。

早速行動に出たワンちゃんは、「あの手この手を使って、恥なんか全て捨てて」国際お見合いパーティーに参加し、若い女の子たちに交じって必死に結婚相手を探した。そこで出会ったのが、「前夫と比較すれば、顔は格好良いどころか、むしろ牛に似たブサイクそのもので、もちろん流し目なんかできそうになかった」日本人・木村である。この「女をみると緊張と不安で顔中に汗がだらだらと滲みでて」、「甘い言葉をとても吐けそうにないタイプの男」に、ワンちゃんはかえって安心感を覚え、残りの人生を彼に賭けることにした。

しかし、日本人の夫は工場勤務で一定の収入を得ているが、事故後遺症のために家に籠る義兄がおり、七九歳の義母も介護が必要であるため、生活環境は決して良いとはいえない。また、実際に日本で生活を始めてから、ワンちゃんと無口の夫とは一日中会話がなく、性行為も最初何度かの失敗を経てからまったくなくなっている。それでもワンちゃんは、男が生活場所を与え、女が家事と介護を担うという単純な関係に満足し、スーパーでパートをしながら家事と料理に励み、姑に喜んでもらうことにやりがいを見出した。しかし、義兄から不気味でいやらしい視線を感じ、そして高額な国際電話代のために夫から暴力を受けそうになったとき、ワンちゃんはやっと「自立せんとあかん」と悟る。その結果、ワンちゃんは「結婚仲介業」を始めることになる。

商売を展開していくうちに、ワンちゃんは客の土村と互いに惹かれ合うようになるが、呉菊花の来日によって、二人の関係もそれ以上進展することなかった。失意に陥ったワンちゃんは、入院した姑の看病に没頭するが、まもなく姑も世を去ってしまう。その後ワンちゃんの結婚生活はどのように変わっていくのか、彼女は最終的に「自立」するのか。小説「ワンちゃん」のその後は、読者によって様々な読み方ができるといえる。

だが、最後まで読んでみると、もう一つ疑問が浮かんでくる。果たしてワンちゃんには、人生のどの段階においても別の選択肢はなかったのだろうか。先行研究には、ワンちゃんのたくましさに注目するものもある。例えば田村景子は「複雑な人間関係と多様かつ過酷な労働と国境を越える生き方の強度」を高く評価している。[*4] また、陳晨は、「いかなる苦境に陥っても決して挫けないという奇妙な能動性、また小説に登場する他の中国人女性に対する矛盾した同情は、どれも理不尽な理屈のように、ある種の読みにくさとして理解することができる」とし、その「読みにくさ」はある種安易な「共感」と、国際結婚に関与する一人一人のドラマの「不幸」＝「普通ではない」と決めつける「普遍性」を拒否するものであると指摘する。[*5]

しかし、そうしたワンちゃんの行動に対する好意的な見解よりも、疋田が言及しているように、「何度も現れては、「ワンちゃん」の財産を搾取してしまう男たちに関して、「ワンちゃん」のとる選択肢はいつも「漂泊」「浪人」、つまりは逃げることだった。行く先々での労働＝生産活動においては、抜群のセンスを発揮しながらも、いつも逃げ続ける人生」[*6]だったのである。斉金英論文のように、中国の厳しい現実と女性たちの息苦しさに、ワンちゃんの「逃避」を理解する読み方も可能だが、[*7] やはりここで、物語の一つの仕掛けに気づく必要がある。

小説「ワンちゃん」は、主人公のワンちゃんに極めて近い語り手の視点から、現在進行中の国際集団見合いを展開させながら、彼女の元夫との関係と、現在の結婚生活とを交互に提示している。そうした語りの順序は、ワンちゃんの過去の不幸と現在の不幸とはあたかも必然的な因果関係にある、という錯覚を読者に与える。だが、同時代の中国には様々なジェンダー・バイアスがあるとはいえ、無法地帯ではないはずで、元夫の理不尽な要求にワンちゃんが無条件に応じる必要もなく、より経済力を持つ側として、離婚する際にも息子の親権を取得するために努力できたはずである。あきらめの良さと切り替えの早さ、そして自分を取り込んでいく状況をあまりにも安易に受け入れるワンちゃんの生き方は、彼女自身に次から次へと悲劇を招いてしまう原因ではあるかもしれないが、そうした悲劇は必然的ではないはずである。

それに対して、「ワンちゃん」の一年後に刊行された楊逸の『金魚生活』は、まさにワンちゃんとは逆の生き方を提示する作品として読める。同じく「国際見合い」と「ケアの連鎖」に取り込まれようとする中国人女性の物語だが、両作品はまったく異なる方向へと展開している。

三　在留資格と国際見合い——『金魚生活』

『金魚生活』は、二〇〇八年九月に『文學界』に掲載され、二〇〇九年一月に文藝春秋により単行本化された小説である。主人公は、中国の東北地方で、レストランの従業員として働く玉玲《ユイリン》。彼女はレストランのオーナーから金魚の世話を任されているが、中国では「金余《ジンユ》」（金が余る）と同音の「金魚《ジンユ》」は縁起の良い生き物と見られ、金魚が死ぬたびに、抜け目のないオーナーは従業員たちの給料から金魚料を引き落とす。そのため、玉玲は常に金魚たちの健康状態に細心の注意を払っている。

玉玲の娘・珊々《シャンシャン》は大学を卒業してから、恋人の小祥《シャオシャン》とともに日本へ留学し、そのまま二人とも東京の企業で就職し、結婚もした。珊々が日本へ渡る直前、玉玲は夫を交通事故で亡くしていたが、娘を送り出す。独りぼっちになった玉玲は、親切に面倒をみてくれた亡き夫の友人・周彬《ジョウビン》と仲良くなり、同棲するようになる。

物語は、珊々が出産することになり、玉玲が娘と孫の世話をするために来日するところから本格的に始まる。

珊々や小祥のように、日本の企業で就職する外国人は年々増えている。厚生労働省の報道発表資料によれば、二〇〇八年一〇月に日本の外国人労働者数は四八万六三九八人で、そのうち中国人は二一万五七八人で四三・三％の割合を占めていた。二〇一七年一〇月末には、外国人労働者数はすでに一二七万八六七〇人に達しており、そのうち中国人の割合は二九・一％に減少したが、人数だけをみると三七万二二六三人で、やはり大幅に増えている。日本は労働人口の不足を補うために外国人労働者を受け入れる一方、外国人労働者も自国より収入が高く、社会保障の充実している日本という環境を選択するのだが、留意しておかなければならないのは、すべての外国人労働者が日本で長期的に安定した生活を得られるわけではないことである。

例えば二〇〇九年、つまり『金魚生活』が刊行された年の、在留資格別中国人の割合を見ると、「特定活動」つまり技能実習生など短期的に滞在する者が取得する在留資格は三四・八%、「資格外活動（留学・就学）」つまり学生でアルバイト範囲内の労働のみ許可される者は二六%、「身分に基づく在留資格」つまりワンちゃんのような日本人の配偶者や、永住者の配偶者などは二八・二%である。単純計算をすると、正式に日本の企業などに雇用され、自らの収入から年金や健康保険の掛け金、税金などを払うことによって、長期的に日本で滞在することが可能な「専門的・技術的分野の在留資格」を取得している外国人は、外国人労働者全体の一七・五%に過ぎず、中国人については、在留する中国人全体の一二%にも満たないのである。

そのため、日本企業から正規雇用されている『金魚生活』の珊々と小祥は、いうまでもなく外国人労働者の中のエリートであり、彼らの生活様式や価値観も、ワンちゃんのような階層とは当然隔たりがある。一方、日本の共働き夫婦と同じような家族ケアの問題に、珊々夫婦も直面することとなる。

まずは子育ての問題である。出産間近の珊々は、「英語も話せて、中国語も日本語も話せたから、今のところに就職したの、最初から出張ありっていう約束だったし。だから子どもができたからと言って、部署を換えたりすることができないんだ」と述べているように、仕事と子育ての両立が極めて難しい状況にある。夫の小祥といえば、朝早くパンと牛乳で朝食を済ませてから、一時間半もかかって埼玉から東京へ出勤するため、子育ての分担がほぼ不可能である。

企業の正社員であれば、本来労働基準法によって産休・育休の権利は保障されている。珊々はマルチな言語能力で特殊な職を得ているが、それでも会社独自のルールや「空気」により、仕事を優先せざるを得ないこともあると思われる。

そうした状況において、珊々はいかに玉玲の滞在期間を延ばし、育児を手伝わせるかについて思いをめぐらせた。その結果、彼女は母の玉玲に、日本での再婚を提案する。

「ずっと考えていたの。一人娘の私は、遅かれ早かれ母さんの老後を見なければならないんだから。けど、今小祥も私も日本で働いて生活しているでしょう。いつか中国に帰るかもしれないけど、でも十年先か二十年先になるのかわからないじゃない。少なくとも仕事が上手く行ってるうちは帰らないと思うよ。母さんはまだ若いから一人でも平気だけど、十年後は六十歳でしょう、更に二十年経てば七十になるんだから。そう考えると、日本で良い人を見つけた方が、私たちも傍にいるし、お互い安心するから、どう?」

それを聞いた玉玲は驚きを隠さず、「無理があるんじゃないの」と答えるが、珊々は母の顔色を気にもせず、次のように述べる。

「あるかもしれないけど、別にハンサムじゃなきゃならないとか金持ちじゃなきゃならないとかってわけじゃないから。人が良くて、日本に居られれば、他はどうでも良いでしょう?」

母親に対する珊々の提案は、いかにも身勝手である。しかし、彼女は「母さんの老後を見なければならない」ことを理由に、自身の理屈を簡単に正当化しようとした。玉玲は、月給が三万円にも満たない低収入者だが、中国の社会保険制度の下で、きちんと「養老保険」を定期的に支払っていれば、レストランから退職したのちも在職時の月給に相当する「養老金」を支給される(近年のバブル経済によって、二〇〇九年の月給三万円は、二〇一八年ではその倍以上になっていることが多い)。ただ、月給三万円は中国の地方都市では生活を維持できる程度の収入ではあるものの、病気で高額な治療が必要になった時に負担できない可能性が大きく、介護ヘルパーの利用なども容易ではない。また、日本のように介護施設が普及しておらず、親のケアは子どもが担うべきだという考え方も根付いているため、「敬老院」と呼ばれる施設に親を預けるのは大の親不孝と思われてしまうのである。

さらに、日本の在留資格事情も、珊々の提案の裏づけになっている。外国人が日本で長期的に暮らすためには、在留資格つまりビザを取得しなければならないが、日本に滞在する目的にしたがい、「外交」「教授」「芸術」「留学」など、仕事や学業上の正当な理由で取得できるものと、「家族滞在」「配偶者」など、日本人や長期滞在する外国人の家族として取得できるものがある。珊々のような日本で働く外国人の場合、配偶者と子どものみが「家族滞在」ビザを申請することができ、両親やその他の親族は一か月以内の「観光」ビザ、あるいは三か月以内の「親族訪問」ビザしか申請できないことになっている。

アジア諸国とりわけ中国の国籍者に対する在留資格の審査は、特に厳しいと言われている。そのため、日本人と結婚し、日本人の「配偶者」ビザを取得するのを、手っ取り早い手段として考える者も多い。「ワンちゃん」も、まさしくそうした事情があってこその物語である。

その意味で、日本人と再婚するという珊々の提案は、長期的に母のケアを考慮し、日本で老後を送らせるために必要な方法だともいえよう。しかし、家族間の労働力の分配や、ケア体制の効率化は、彼女が考えているほど単純なものではないはずだ。

まもなく珊々が女の子を出産したため、日本人との再婚に気が進まず、周彬との恋愛関係を娘に打ち明けることにばかり悩んでいた玉玲も、「冬貝《ドンベイ》」と名付けられた孫娘のケアを、やっと現実的に考えざるを得なくなった。孫への愛情に後押しされるように、玉玲は日本人とのお見合いを決意する。しかし、結婚仲介所から紹介された日本人男性たちとは言葉も通じず、ひたすら気まずい時間をやり過ごすことになる。二人の五〇代女性が、病気で寝たきりの父の代わりに玉玲に会いに来たことすらあった。二人は、月三万円の小遣いを条件に、長野の田舎にいる父の介護を玉玲に依頼するだけでなく、父の財産相続を放棄させる誓約書まで書かせようとした。それをみた珊々は、「中国人だと思ってバカにするんだもの。いくら安くても、月三万円のヘルパーは日本にはいないわ」と激怒するが、玉玲は娘をなだめながら、自身もこうした「国際見合い」の居心地の悪さを思い知る。

小説の終盤では、状況が一転し、理想的な再婚相手・松本がお見合いの相手として現れる。五五歳で大手企業の部長である松本は、漢詩の愛好家であり、中国語も独学している。玉玲とは言葉もある程度通じ、珊々からすれば、美人の母親とぴったり相応する知的エリートである。しかし、紳士の松本は初対面でいきなり、玉玲の反応も気にせず李白の詩を連発し、玉玲はその熱意に打たれながらも応対するのに精一杯になる。やがて松本は、「杯を挙げて明月を邀え、影に対して三人を成す。李白は月と自分と影の三人で飲んでいたけれど、妻が死んでからは、家に帰っても影しかいない……」と感慨深そうに言うが、玉玲はそれを聞き、「自分が周彬と向き合い、食卓の大宝（金魚）を挿んで高粱酒《コーリャンシュ》を飲み交わしているときの満ち足りた情景」を思い出す。そして松本から「長く無情の遊を結び、相期して、雲漢邈かなり。玉玲さん、これからの人生を二人で」と誘われると、玉玲は深く一息をしてから、周彬に贈られた金の指輪を指にはめ直し、彼女の覚えている限りの日本語で松本に伝えた、「チューゴク、キンギョ、キンギョウ、イマス」と。

中国、金魚、金魚、います。つまり中国では、レストランで働き、金魚を飼っている玉玲自身の生活があり、さらに留守中に金魚の世話をしてくれている周彬がいる、ということと解釈できる。小説の結末に登場するこのセリフは、玉玲が日本での再婚を放棄し、周彬の許へ帰ることを決意したことを意味する。もちろん、珊々が子育ての問題で困るなど、玉玲の悩みは小説の最後まで解決されることはない。だが、「ケアの連鎖」で生じるしわ寄せを安易に受け付けないその決断こそ、新たな可能性を開くことになるとも考えられよう。

そもそも働く女性の出産と育児といったケアの問題は、家庭内部つまり「私的領域」にのみ属するものではなく、ただ見えないようにするための仕掛けによって、社会の「公的領域」から排除されているにすぎない。[*8] 仕事をきちんとこなしながら、家族の無償労働によって育児と介護の問題を解決するという姍々の合理主義的な考え方は、いわば「愛の搾取」であり、「公的領域」からのケアの追放を助長するものでしかない。それに対する玉玲の戸惑いと拒否は、自らの「労働」と「価値」を合理主義的な「ケアの連鎖」に取り込まれないための抵抗であるともいえる。

その意味では、小説「ワンちゃん」のたくましそうに振舞いながら、実は受動的であるワンちゃんと、気が弱そうに見えながら、独自の意志を貫く『金魚生活』の玉玲とは、「越境する女性」の対照的なパターンを見せている。

四　外国人をめぐる「ケア」と言語の問題

「ケア」という言葉には、「世話、配慮、関心、心配」といった多様な意味がある。そのため、「ケア」には身体的・物理的側面と、心理的な側面の両方があると指摘されてきた。介護、育児のいずれも、単にケアを担う側が受ける側の健康維持のために一方的、機械的に稼働するのではなく、ケアをする側／受ける側相互の言語的行為によって成り立つ人間関係に支えられている。そしてケアをする側／受ける側のいずれかが外国人である場合、言語はますます重要になってくる。

その点に関しても「ワンちゃん」と『金魚生活』は対照的である。ワンちゃんは、姑の介護や入院中の看病を丁寧にこなし、夫と義兄が介護を放棄した状況の中でも姑の最期を看取った。ワンちゃんは姑にとって唯一の話し相手であり、たったひとりの頼れる存在である。こうしたワンちゃんと姑の関係について、田村景子は「労働を介した相互理解と親愛、共生の端的な証」と述べ[9]、斉金英は「痛みへの共感と同一化」と肯定的に捉えているが[10]、果たしてワンちゃんと姑の間に「共生」と「共感」は生じているのだろうか。

姑は初めてワンちゃんと会ってから「凄く気に入ってくれた様子で、ペラペラ喋られて、ワンちゃんはもちろん意味なんか全然わからなくて、ただただ精一杯作った笑顔で振舞っていただけであった」と書かれている。のちにワンちゃんは、「姑は自分に気遣って喋ってくれたわけではなく、普段から相手がいなくてもいつも独り言を言っている」ことがわかったが、要するに姑は意味のない形だけの会話を成立させるための相手を求めており、ワンちゃんにとっては「ケアをする対象」を通じて日本で暮らす正当性を得る関係性だけが必要なのである。姑は、嫁の中国語名、「王愛《ワンアイ》勤《チン》」にちなむ「ワンちゃん」というさも親密そうなニックネームで呼んでいるが、無意識の中では、「王愛勤」という本来独自の人格を持つ人間を動物化した存在として見ているのではないか。

ワンちゃんは、嫌とも言わず姑の世話を引き受け、姑が入院してからもオムツ替えなど、丁寧に面倒を見るが、姑が発する「年って嫌や、ごめんな……」という弱気のセリフに、彼女は何も返事することができず、ただ「自分が年を取ったら、こんなことをやってくれる人がいるんだろうか」と、夫と同じような遊び人に成長した中国の息子を思い出しながら、悲しみに耽る。つまり、ワンちゃんと姑の「ケア」関係は、身体維持のレベルにとどまり、言語行為のレベルでは成り立っていないわけである。

こうした言語レベルでのすれ違いは、ワンちゃんと夫との間でより鮮明に現れている。「無口な旦那のことを、日本語がわからないうちは楽だと思っていたこともあった」、「旦那は言葉なんて必要がない人間だ、聞くための言葉も、話すための言葉も」と書かれているように、ワンちゃんは日本語を習得するにしたがって、コミュニケーションを有しない家族関係の形骸化をはっきり意識したと考えられる。

彼女が土村に惹かれたのも、「中国の野菜ってやはり日本のと味が違うてる」と野菜の知識を披露したり、「これ、俺のガソリンなんや。どうぞ、どんどん飲んで」とワンちゃんに酒を勧めたりする土村から、「会話」によるコミュニケーションを実感しているからだといえよう。しかし、呉菊花の来日の直前、土村がワンちゃんの手を握りながら「木村さん、俺、俺」、「俺の気持ちな、なんだか、わからんのや……俺な……」と、ついに本音を言えなかった時に、その「会話」の可能性も消えてしまう。

一方、『金魚生活』は、「ワンちゃん」と対照的な言語状況を描いている。玉玲と周囲の日本人たちとの間にはまったく言葉が通じないが、互いの言葉がわからない状態で「会話」が発生する。アパートの通路を掃除するスギノさんから、「△■▽※ねぇ……ママ◯×ねぇ」と初対面で声をかけられ、玉玲は一瞬驚いたが、日本語が通じないと気づいたスギノさんは、すぐにジェスチャーを用いながら、「ス、ギ、ノ」を繰り返して自分のことを紹介し、そしてみかんを渡しながら、「ミカン」と何度も発音し玉玲に伝えようとする。玉玲も、同じ形で話に応じ、それによって二人は親しくなり、通路ですれ違うたびに「会話」をするようになった。

気分転換で訪ねるペットショップでも、玉玲はスギノさんと同じような「会話」を店員のオジサンと行い、そこで彼女は大切な言葉、「キンギョ（金魚）」を習得する。やがて小説の結末において、玉玲が「キンギョ」という日本語を用い、松本の誘いを断り、帰国する決意を伝えることになる。

玉玲は、娘の出産を世話するために異国へ渡り、気丈な娘に様々な理屈で国際見合いを勧められ、戸惑いながらも、生まれて来た孫のために、中国の恋人を捨てて日本人と結婚することを考えざるを得なかった。そうした状況に加えて、慣れない日本の生活習慣、物価の高さによる不自由などで、彼女は神経質になりつつあった。しかし、スギノやペットショップのオジサンと断片的に言葉を交わすことによって、玉玲は孤独から救われたといえよう。言いかえれば、玉玲は家族にケアを与えると同時に、自らを家の外側に開くことによって、心のケアを受けることができたのである。

中国籍の作家楊逸による日本語文学の「言語」レベルの問題については、これまでも多く言及されてきた。その日本語表現の拙さを批判する文学者も少数ではないが[*11]、逆に違和感のある日本語こそ日本文学の固定観念を覆し、「世界文学」への可能性を示すのだという意見も散見される。言語の「開放性」に気づかせ、「文学作品を書く言語と、書く作家の国籍（民族）・居住地と、読む読者の国籍（民族）と、居住地とを、漠然と一致したものとして考える発想」に対抗するトランスナショナルの作家の一人として、楊逸は高く評価されている。[*12] そうした評価は、いずれも楊逸が日本語で作品を書くことの意味を問うものであるが、これまで述べてきた通り、小説「ワンちゃん」と『金魚生活』の物語の内部を考える時にも、「言語」は「ケア」にまつわる登場人物の主体性と不可分な問題としてみる必要があるのだ。

おわりに

本章では、まったく異なる人生経験を持つワンちゃんと玉玲という二人の登場人物を取り上げた。しかし、二人を天秤にかけ、片方のみを持ち上げるつもりはない。そもそも二人の主人公が物語世界で出会ったすべての出来事は、偶然性に満ちたものであることも意識しておかなければならない。だが、これまで論じてきたように、外国人妻・外国人労働者をめぐるケアの問題を可視化する文学として、「ワンちゃん」と『金魚生活』を読む時に、その対照的な二つのパターンからは、越境する「ケア」労働のあり方、及びその中におかれた女性たちの状況が、より立体的に現れてくるのである。

そして、玉玲の視線を通して、「家族」という名目で成り立つ「ケアの連鎖」の不条理を見つめ、そうした論理に取り込まれない女性の主体性のあり方を『金魚生活』から読み取るためには、もう一度「ワンちゃん」の物語世界に戻ってみることが必要になる。「国際結婚」を手段に不運の人生を変えようとするワンちゃんが、異国で報われない「ケア」労働力となり、夫の暴力に怯えつつ、ますます目的を見失っていくという不幸の物語は、果たして本当に救いようがないのか。そこに新たな課題を見出すこともできると思われる。

＊作品本文の引用は以下に拠る。
楊逸『ワンちゃん』(文春文庫、二〇一〇)
楊逸『金魚生活』(文藝春秋、二〇〇九)

1――伊藤孝恵「外国人妻の問題と日本の「多言語・多文化共生」への課題――家族社会学の視点を含めた国際結婚研究の整理から」(『多文化関係学』二〇〇六・三)。
2――斉金英「楊逸「ワンちゃん」の〈逃避行〉」(『国文』二〇一一・一二)。ただし、近年中国の医療福祉制度が変わり、農村戸籍の住民も医療保障を受けられるようになった。また、都市建設が急激に進展するにつれて、農村戸籍を持っているほうが、新たな町と道路建設の際に高い賠償金を受けられるなど、かえって有利になるケースも増えてきた。
3――疋田雅昭「政治と読むこと或いは人物に寄り添うということ――楊逸『ワンちゃん』をめぐって」(『立

教大学日本学研究所年報』二〇一二・三)。

4――田村景子「働く生への応援歌――楊逸の「ワンちゃん」をめぐって」(『国文学 解釈と鑑賞』二〇一〇・四)。

5――陳晨「楊逸『ワンちゃん』を読む――孤独を拾い上げて、「ワンちゃん」に向かう」(『名古屋大学文学部研究論集』二〇一六・三)。

6――注3に同じ。

7――注2に同じ。

8――上野千鶴子『ケアの社会学――当事者主権の福祉社会へ』(太田出版、二〇一一・八)。

9――注4に同じ。

10――注2に同じ。

11――第一三八回芥川賞選評(『文藝春秋』二〇〇八・三)。

12――日比嘉高「越境する作家たち――寛容の想像力のパイオニア」(『文學界』二〇一五・六)。ほかに、田口幸代「楊逸の文学におけるハイブリッド性」(『世界の日本研究』二〇一一)、沼野充義「新しい世界文学の場所――大きな楊文学についての小さな論」(『文學界』二〇〇八・九)など。

コラム⑧

外国語を話す家族たち

尹芷汐

温又柔「好去好来歌」

歴史的要因によって、家族同士が違う言語を用いることは、日本でもしばしばある。第二次世界大戦が終わるまでに日本の植民地となった朝鮮半島、台湾、旧満州では、日本語を「国語」として教わった世代がいるが、その世代と、戦後各地域それぞれの「国語」を学んだ子孫たちとの間に言語の差異が見られる。また、植民地時代に日本に渡航し、戦後も日本に滞在している在日コリアンの家庭では、移住する初代、つまり「在日一世」は朝鮮語／韓国語を母語とし、その子孫の「在日二世」「在日三世」は日本語を母語とする場合が多い。

これは単に言語の問題ではなく、アイデンティティ、つまり「私は何者か」という認識や、家族関係のあり方、社会の中での位置づけなどの問題とも関連している。そうした問題を考える時、台湾籍の作家、温又柔《おんゆうじゅう》の小説は示唆的である。台湾で生まれ、三歳の頃から日本で育ち、日本語を母語とする温又柔は、日本語や中国語、台湾語が交錯する環境の中で育つ少女の物語を描いてきた。いずれの作品も、越境する家族や人間のあり方を豊かに表現している。

二〇〇九年に第三三回すばる文学賞の佳作を受賞し、同年一一月号『すばる』に掲載されている「好去好来歌《こうきょこらいか》」は、主人公の楊縁珠《ようえんじゅ》をめぐる二つの物語が交互に描かれている。一つは田中大祐との恋愛であり、もう一つは、彼女が田中に語った自分の家族の話である。縁珠と田中は、大学の中国語講座で出会い（実はこのときが初対面ではなかったかもしれないことが、物語の最後で示唆される）、一年後に中華料理屋で再会することをきっかけに恋人になる。縁珠は田中を名前ではなく、麦生《むぎお》というニックネームで呼んでいる。恋人ができてから帰宅時間が遅くなった娘を心配し、縁珠の母は麦生を家に招待し、その人柄を確認することにした。台湾人の母の日本語を恋人に聞かれたくない縁珠は、麦生を家に呼ぶことに乗り気ではなかったが、麦生の前では母がいつもより上手く日本語を話せていることに驚く。麦生も、大学で覚えた中国語で縁珠の母に話したが、それを見た縁珠は急に陰鬱になった。帰り道で、麦生は作ったばかりのパスポートを縁珠に見せた。そこに書いてある「日本国」や「田中大祐」の字を見ると、縁珠は急に激怒し、「日本人のくせに、どうして中国語を喋るの？」と叫び、パスポートを麦生に投げ返した。

読者にとって、縁珠の行動は不可解かもしれない。しかし、縁珠が国籍や中国語に対して敏感なのには理由がある。複雑な言語を持つ台湾の大家族に生まれ、幼少時に日本へ渡り、日本の中の「他者」として育ってきた経験が、彼女にデリケートな感性を持たせたのである。

台湾の地方町にいた彼女の曾祖父と曾祖母は台湾語（あるいは台語、閩南語《びんなんご》という）、台北の祖父母は台湾語と日本語、台北から東京に移住した両親は中国語、台湾語、日本語を使っている。こうした複雑な言語構造は、縁珠の家族だけではなく、台湾では一般的な現象である。

台湾は、一八八五年以降に清王朝に属しながら、独自の言葉、つまり台湾語や先住民語を持っていたが、一八九五年に日本の植民地となり、「国語」としての日本語教育が施され、一九四五年までの間に学校教育を受けた世代は日本語を学んだ。その後、中華民国は台湾の統治権を取り戻し、一九四九年、中国の内戦で敗れた国民党（中華民国政府）は台湾に移転し、大陸を支配した共産党（中華人民共和国政権）との対立関係を維持した。そこから台湾は中華民国政権によって統治され、中国語を「国語」としてきた（ただし、中華民国の政権下でも、「戒厳令」が解除される一九八七年以前と以降の状況が異なり、そのことも温又柔の作品に書かれている）。縁珠の家族四世代も、以上のように、植民地以前の台湾、日本統治下の台湾、中華民国台湾を経験しており、いわば歴史の流れに巻き込まれている典型的な台湾人家庭である。

縁珠は、幼少時に中国語を上手に話せていたが、三歳の時に両親と日本へ移住してから、父の決断によって日本語中心の教育を受け、日本語を母語として身につけた。中国語は、次第に彼女の記憶から遠ざかっていった。

小学校に入学してから、日本語話者でありながら日本人ではない彼女は特異な存在であり、いじめの対象となってしまった。その結果、縁珠は台湾人の母に対して複雑な感情を持ち、母の台湾語混じりの日本語も恥ずかしく思い、「友だちの前で、変な言葉を喋らないでよ！」「おばあちゃんが、ママなら、良かったのに！」と叫んでしまうこともあった。

縁珠にとって言葉や国籍以上に重いものはないのである。そのため、母との初対面で流暢な中国語を話したり、「日本国」のパスポートを何気なく見せたりする麦生の行動の「軽さ」は、彼女にとって耐えられないものだった。

だが、「好去好来歌」は、そうした縁珠の繊細な感情を内面に閉じたまま終わらない。喧嘩の一か月後、縁珠は麦生の前に現れ、祖父の葬式のために一か月間台湾にいっていたことを伝える。台湾で、誰しも彼女のことを「日本人」と決めつける中、たった一人「日本人じゃないのよ」といってくれたのは母だったという。それをきっかけに、縁珠はやっと心を打ち明け、母と本音で語り合うことができたのである。

また、小説の最後に、縁珠は小学校時代に彼女の名前を嘲笑した男の子が、「タナカダイスケって、言うのよ」と麦生に告げる。彼女が「ありふれた名前ね」と呟くこの場面の意味や、指先を震わせた麦生の反応をどう解釈するかは、余白として読者に残されている。ただ、母に対しても、麦生に対しても全てを吐き出した縁珠は、ここでやっと国籍や言葉といった、彼女にとっての重荷から解放されたと思われる。

温又柔『来福の家』
（集英社、2011）

「好去好来歌」以降の温又柔の作品は、例えば日本で育つ台湾人姉妹の成長をユーモアあふれる筆致で描いた「来福の家」や、日本人の父と台湾人の母を持つ主人公が上海に留学し、多種多様なアイデンティティを持つ留学生とふれあう経験を描いた『真ん中の子どもたち』など、いずれも主人公が複数の言葉を通じて「私とは何か」を再発見するものである。登場人物たちは時に難しい問題、例えば台湾と中国大陸の中国語はどちらが正しいかといった問題に出会ってしまう。それは台湾と中国はどちらが「国」として正当性を持つかに直結する政治的な難題でもある。しかし、作家はどちらか一方を選ばせることをしない。どの国にも、どの言語にもとらわれず、複数の可能性の間で、唯一無二の「私」を見つけていく。その軽やかさとたくましさは、温又柔の文学世界を支えているのである。

第6章

ディストピアの暗闇を照らす子ども

多和田葉子「献灯使」

磯村美保子

多和田葉子（たわだ・ようこ／一九六〇～）
東京都出身。早稲田大学卒業。チューリッヒ大学大学院博士課程修了。一九八二年からドイツに移り住み、日本語と独語両言語で創作を続けるエクソフォニー作家の一人。一九九三年に「犬婿入り」で芥川賞、二〇一一年に『雪の練習生』で野間文芸賞、二〇一三年には『雲をつかむ話』で読売文学賞を受賞。朗読、パフォーマンス、演劇活動にも取り組む。近著に『地球にちりばめられて』（二〇一八）がある。作品は多言語に翻訳されている。「献灯使」で二〇一八年、全米図書賞受賞。

はじめに

多和田葉子の東日本大震災後の最初の作品は「不死の島」（『それでも三月は、また』講談社、二〇一二、一七人の作家・詩人によるアンソロジー）である。その後、福島に実際訪れた経験を経て「献灯使」が書かれた。初出は『群像』二〇一四年八月で、二〇一四年一〇月に単行本として出版された。震災をテーマとした同時所収作品は「韋駄天どこまでも」「不死の島」「彼岸」「動物たちのバベル」である。

「献灯使」は、二度の大災厄に見舞われ、汚染され鎖国した近未来の日本を舞台にした物語である。

どの国も大変な問題を抱えているんで、一つの問題が世界中に広がらないように、それぞれの国がそれぞれの問題を自分の内部で解決することに決まったんだ。

東京に住む一〇八歳の作家義郎《よしろう》は八歳の無名《むめい》に、どうして日本は鎖国しているのかと聞かれ、こう答える。義郎は身体が弱く美しい曾孫の無名の世話をしている。「献灯使」の世界では、かつて日本の中心だった東京は貧困化している。近代が電力乱費の効率的な社会を目指して突き進んだ結果、「自然災害ではない」大災厄に見舞われ、日本は鎖国する。特に東京から関西までの国土は汚染され、東京都心は無人地帯となってしまった。東北・北海道・四国・沖縄は農産物の生産で繁栄し、強い権限を持つようになった。この社会では全てが遡り、裏返っている。かつて繁栄し、優れたもの、便利なものとされたものが、廃れ、なくなり、陳腐なものと見なされている。政府や警察は民営化され、外来語も車もインターネットもない。東京の中心や成田空港は無人地帯となった。価値のあったものに価値がなくなり、価値のなかったものに価値が生まれている社会なのだ。「老人」が障がいのある子どもを介護し育てる社会、子どもは全て微熱を発し、「老人」は頑健で敏捷で死ねない社会となってしまった。

作中では、現在と近未来、現実と非現実が交錯する。ジョージ・オーウェル『一九八四年』[*1]のようにディストピアを描いたSF未来小説とも読める作品である。ディストピア（dystopia）とは、反理想郷、暗黒社会を指す。地獄郷、この世のすべての不幸や罪悪で満ちているとされる仮想上の場所、欠陥社会を意味する言葉だ。本作は、大震災と原発事故を経た現在、単なる寓話ではない生々しさをもって迫ってくる。

「献灯使」に関しては、佐々木敦が「震災後の不吉な未来を予言」した作品であると評した。[*2] 沼野充義も「「破局もの」の近未来SFのような作品」であると、いずれもディストピア小説と評している。[*3] 一方、野崎歓は「言語の秘めた変身可能性――いにしえの遣唐使は灯を献ずる使いとして生まれ変わる」とし、未定型な生の在り方を描き出したと述べている。[*4] 中条省平は「人間の進化の究極の形を引き受け」た主人公の変身を「ポジティブなエンディング」とも解釈できるとした。[*5] 同様に、岩川ありさは身体や環境の世代間の相違から新しい生き方を見出す、変身物語として分析している。[*6]

本章では、野崎、中条、岩川の変身譚説を踏まえ、全ての子どもが障がいを持つ世界におけるケアとは何か、という観点から「献灯使」を読んでいく。放射能汚染によって子どもたちは誰もが障がいを持って生まれてくる世界となってしまった。目標となる理想の身体が存在しなくなった世界で生きる主人公無名は、リハビリも「自立」も強要されることはない。何もかもがひっくり返ってしまった社会であっても、大災厄があっても、変身しても、人はそれぞれの喜びをもって生き続ける、というのが多和田の描く「献灯使」の世界だ。

一 「不死の島」について

死者行方不明者二万八四二九名（総務省二〇一八年三月発表）、マグニチュード九の地震が東日本一帯を襲ったのは二〇一一年三月一一日であった。その後の津波、原子力発電所の倒潰と爆発は、同時代の記憶として深く刻まれている。震災後、八年が経過し、本章で取り上げる多和田葉子「献灯使」や川上弘美「神様2011」、金原ひとみ『持たざる者』（コラム⑨参照）など「震災後文学」が次々と生まれた。震災後文学とは、「単に震災後に書かれた文学を意味しない。書くことの困難のなかで書かれた作品こそが、震災後文学なのである。今までどおりの表現では太刀打ちできない局面を切り開こうとする文学、それを本書では震災後文学と呼ぶ」と木村朗子は述べている。木村は、震災後に書かれていても震災後文学とは言えないものがあると、以下のように指摘する。「「いつだって大切な人を失うのは悲しい」という普遍性のなかに易々と回収され（中略）おそらくこれらの作品（『スウィート・ヒアアフター』『明日死ぬかもしれない自分、そしてあなたたち』――引用者注）は、作風として震災前の作と少しも変わらぬものであり、震災の経験が刻印されたとはとうてい気づかれないだろう」[*7]。

震災の経験の刻印が押されたもの、最も書きにくい事柄といえば、原発事故と放射能汚染であった。多和田葉子は、三・一一以後、原発事故とその後の被曝社会を最も意識的に描き続けた作家である。「不死の島」では、二度の大地震と原発事故に襲われ、渡航手段を失った日本を外側から描いている。

パスポートを受け取ろうとして差し出した手が一瞬とまった。若い金髪の旅券調べの顔がひきつり、言葉を探しているのか、唇がかすかに震えている。声を出すのは、わたしのほうが早かった。「これは確かに日本のパスポートですけれどね、わたしはもう三十年も前からドイツに住んでいて、今アメリカ旅行から帰ってきたところです。あれ以来、日本へは行っていませんよ。」そこまで言って言葉を切り、それから先、考えたことは口にはしなかった。「まさか旅券に放射性物質がついているわけないでしょう。ケガレ扱いしないでください。」受け取ってもらえないパスポートを一度手元に引き戻して、今度は永住権のシールの貼ってあるページを開いて改めて差し出すと、相手はふるえる指先でそれを受け取った。

「日本」のパスポートに触る手が震えるほどの恐怖を与え、「「日本」と聞くと二〇一一年には同情されたものだが二〇一七年以降は差別されるようになった」。「不死の島」は、日本に戻れなくなったドイツ在住の日本人女性が、日本へ密航したポルトガル人神父の手記をもとに日本の状況を知るという物語である。手記によると、日本では二〇一一年に一〇〇歳を超えていた人は死ぬ能力を失い、子どもたちは次々病気になり、介護が必要となっている。二〇一一年の事故後、すぐに原発のスイッチを切らなかった日本に二〇一七年、また大地震が襲いかかった。日本は「老人」の死なない「不死の島」、ディストピアとなってしまった。世界の眼からみると「汚染」は日本全体の問題だった。東京だの名古屋だのという福島からの距離は関係ない。自然災害ではない災厄に見舞われ「汚染された」日本は、世界から見ると迷惑なディストピア＝暗黒・欠陥社会だ。

実は私が震災後最初に書いたのは「不死の島」という短編小説です。私はドイツに住んでいるので、震災も直接は経験していません。でも、ドイツのマスコミは臆するところなく最悪の事態を描ききっていましたし、ドイツの人たちは津波や原発事故を自分のことのように受けとめて、大変な動揺があったんです。そのさなかにあって、震災後の日本にまだ行かないうちに書いたものです。その後、初めて福島に来てからドイツに戻って書いたのが『献灯使』です。これは福島についての小説ではないのですが、原発事故がきっかけで見えるようになった日本のイメージとでも言えばいいのか。[*8]

「献灯使」は、現実にはあり得ない物語だ。作品の舞台は福島ではなく、震災や原発事故のことに直接言及してはいないが、明らかに原発事故後の話となっている。多和田はロバート・キャンベルとの対談の中で、左記のように、この作品が「未来」ではなく、金儲け主義や少子高齢化など現代の日本の隠れた負のイメージを拡大した作品であると述べている。

私としてはもちろん原発事故のことを頭から追い出すことはできません。今再稼働したらその後の日本はこうなるのではないかということは考えました。でも原発は自然破壊の山頂みたいなもので山全体はもっと大きいし、また自然だけでなく人間も破壊されていると思います。例えば作中、町は機能しているのに人間が全くいなくなった都心の光景が出てきます。これは、いまの東京を見ていて、私が時々感じることでもあるんです。みんな無理して細かい規則に従って動いているんで、すべてがちゃんと機能しているように見える。でも、そのせいで、これだけたくさん人間が住んでいるのに誰もいないような感触もある。[*9]

「人間は機能するために存在するわけじゃない」と多和田はこの対談で述べている。次に見る「献灯使」の社会には、それまでの「普通」の生活が壊れて、子どもたちが何もできない存在になっても、不思議と最悪ではないと思わせる明るさがある。

二 〈献灯使〉のいる社会

「不死の島」には、外の視点から大災厄後の日本が描かれていたが、「献灯使」は、日本の内側を詳しく描いている作品である。「献灯使」の登場人物を紹介しよう(「人物関係図」参照)。本作には、義郎、無名、鞠華《まりか》、夜那谷《よなたに》先生など、複数の視点人物が登場する。東京西部の仮設住宅で、義郎は曾孫の無名の世話をしている。出産直後に死んでしまった無名の母は美しかったが、父が本当に飛《と》藻《も》かわからないような女だった。死後、体に「望ましくない異変」が起き、背中から羽が生えてきてしまった。その子どもである無名の幼い頃の「どこかひな鳥を思わせる」容貌は、表紙絵[10]の灰色の鳥のイメージと重なる。父飛藻は重度の依存症治療中である。無名の祖母、天南《あまな》夫婦は沖縄へ果樹園労働者として移住した。北海道は内地からの移民を受け入れないが、沖縄は夫婦での申請に限って移民を受け入れていたからだ。義郎の妻鞠華は健在だが、現在「他家の子学院」という独立児童（誰からも養育されない子）の施設の責任者として多忙な日々を送っていて、長く別居中である。

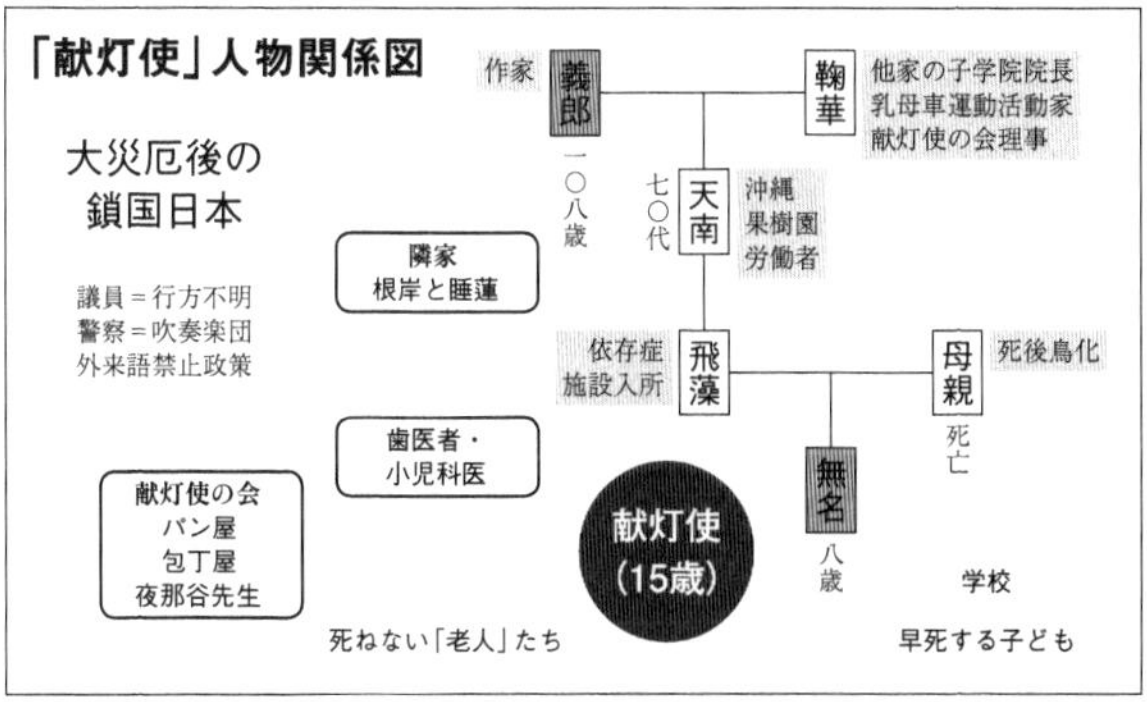

この世界で義郎はといえば、家族はバラバラになったままで、自分の悲しみや怒りを誰とも分かち合うこともない。義郎の悲しみは主に無名の健康が損なわれていくことに集中している。無名の世話に孤軍奮闘する義郎は、世界を破壊してしまった世代としての怒りを抱え生きている。

え、クリーンな政治？　クリーンじゃないだろう。クリーンなんて消毒液みたいに自分の都合に合わせて殺したい者を黴菌にたとえて実際殺してしまう化学薬品に過ぎないだろう。藪の中にこそこそ隠れて、法律ばかりいじっている民営化されたお役所はオヤクソだ。クシャクシャにまるめて捨ててやりたい。野原でピクニックしたいって、曾孫はいつも言っていたんだよ。そんなささやかな夢さえ叶えてやれないのは、誰のせいだ、何のせいだ、汚染されているんだよ、野の草は。どうするつもりなんだ。財産地位には、雑草一本分の価値もない。聞け、聞け、聞け、耳かきで、耳糞みたいな言い訳を掘り出して、耳すまして、よく聞けよ。

義郎の介護パワーは社会に対する、そして自分に対する怒りが支えなのだ。大災厄の後で日本政府は民営化され、鎖国が始まった。どんな法律が誰によっていつできるかわからない。鎖国に関しても大っぴらに批判できないのだ。今日まで許されていた言動が明日は禁止されるかもしれない。義郎は鎖国に対して反対しているが、自分が逮捕された後の無名が心配ではっきり口にできない。国会議事堂や最高裁の建物は今や空洞となり、かつての官僚や政治家は九州の高級住宅地「薩摩の森」に移住したらしい。

議員たちの主な仕事は法律をいじることだった。法律は絶えず変わっていくので、いじられていることは確かだ。ところが、誰がどういう目的でいじっているのかが全く伝わってこない。

法そのものが見えないまま、法に肌を焼かれないように直感ばかりを刃物のように研ぎ澄まし、
自己規制して生きている。

新聞は一度潰れたがまた復活した。インターネットもテレビも電話もない生活で、時々ゲリラ的に開催される講演会が大切な情報源だ。だからといって監視されにくくなったかというとそうでもない。学校の授業はどうも監視されているようで、無名の担任の夜那谷が鎖国政策を批判しようとしたら火災報知器が鳴った。

この鎖国社会では「外国」の存在を忘れさせるためか、外来語禁止政策をとっている。「外国の都市の名前を口にしてはいけない」ので、口にするときはみんな小声となる。この奇妙な法律を破って罰せられた人はまだいないが、誰もが警戒している。「これまで適用されたことのない法律ほど恐ろしいものはない。誰かを投獄したくなったら、みんなが平気で破っている法律を突然もちだして逮捕すればいいのである」。しかし、人々は、かつての外来語を工夫を凝らして言い換えたりしている。

「ジョギング」→「駆ければ血圧が落ちる」ので「駆け落ち」
「made in Japan」の「made」→「○○製」ではなく「まで」と「自分なりに解釈」して、岩手県で製造した靴は「岩手まで」
ジャーマンブレッド→「パンも外来語」だが「正式名は讃岐パン」

ターミナル↓「民なる」

外来語禁止だけでなく、改められた言葉もある。例えば休日の名前は「敬老の日」から「老人がんばれの日」、「こどもの日」は「子供に謝る日」、インターネットがなくなった日を祝う「御婦裸淫の日」、「建国記念の日」は「流されて行方不明になった」。新しい言葉は新しい社会が生むのだが、言葉が使われなくなったということは、社会的な記憶や概念の後継者がいなくなるということでもある。禁止語のある社会はその言語の概念を意識的になくそうとする社会なのだ。

言語の統制は、国家による民衆支配の常套である。ディストピア小説『一九八四年』では、ニュースピーク（Newspeak）という新語法が登場する。思考の単純化と思想犯罪の予防を目的とし、英語を簡素化したものである。まず語彙量を増やさないようにし、言葉一つ一つが政治的・思想的な意味を持たないように意味を限定する。ニュースピークが普及すれば反政府的な思想を書き表す方法が存在しなくなる。真実を改変することが公務員の仕事となっている社会だ。

インターネットで情報を得たり、統制したりする時代は終わっている。電気は何しろ嫌われていて、ほとんど使われない。『一九八四年』のビッグ・ブラザーがいたとしたら、監視するのも大変な社会だ。監視社会の親玉ビッグ・ブラザーはテレスクリーンという今のディスプレイのようなものを通じて人々を四六時中監視し、洗脳する。一方、「献灯使」の世界では、人々は手紙や講演会、新聞で情報を得ている。人々は、むしろ現在より自分で考え行動しているようにも見える。かつてインターネットに委ね、損なわれてしまった思考を取り戻しつつある社会なのだ。

禁止語があっても、人々は生活の中でユーモアで対抗し、言葉に新しい意味を持たせる。言葉遊びやずらしは「ある表現が頻繁に使われると、その表現は身体から離れていく。そんな時は、ずらすしかない」[*11]と述べる多和田作品の特徴でもある。「わたしは複数の言語で書く作家だけに特に興味があるわけではない。母語の外に出なくても、母語そのものの中に複数言語を作り出すことで、「外」とか「中」ということが言えなくなることもある」[*12]。――作中で言葉遊びは意識的に行われ、その意味は拡大したり縮小したり変化したりする。言葉の世界は自由だ。言葉の使用を禁じるなど、もし不自由を強いられたら、新しく作り出すことによって対抗することができるのだ。

三　リハビリなし、自立なしのケア

無名の話に移ろう。無名や隣に住む睡蓮、小学校の友達はみな同じく、体が弱く自由に動き回れない。この時代に生まれてきた子どもは、ギリシア彫刻のような肉体を理想とした時代からは想像もできない身体を持つ。「老人」と子どもはまるで別の生物のようになってしまった。堅焼きせんべいをバリバリかじることのできる「老人」と、オレンジジュースを一五分もかかってやっと飲む子どもたち。放射能汚染の影響で、子どもたちの体に変化が起こっているのだ。

無名には「苦しむ」という言葉の意味は理解できない。「咳が出れば咳をし、食べ物が食道を上昇してくれば吐くというだけだった。もちろん痛みはあるが、それは義郎が知っているような「なぜ自分だけがこんなにつらい思いをしなければならないのか」という泣き言を伴わない純粋な痛みだった。それが無名の世代の授かった宝物なのかもしれない」と義郎は考えている。本谷有希子は「献灯使」の子どもたちの「痛み」に触れて以下のように述べている。

ある日、小学校の同級生だった白田さんがこっそり教えてくれた。「本谷さん、私、生まれつき、ひどい偏頭痛持ちなんだって」。医者が言うには、これまでに一度もその頭痛が治ったことがないのだという。「じゃあ頭が痛くないって、どんなのか知らないってこと?」。驚いて訊くと、白田さんは「痛い、がなんなのかも、分かんない」と平然と言った。*13

障がいや痛みが常態化していれば、それがその人や社会の「ふつう」になる。体が弱くても自分を肯定的に捉えることができるのだ。障がい者の当事者運動から生まれたピア（＝仲間）カウンセリングの理論では、障がい児の自己認識について以下のように言われている。

ピアカウンセリングの理論によると、障害をもってうまれた子どもも、それが「障害」であると第三者から指摘されるまでは、自分の状態をあるがままに受容し、世界は自分を愛し受け入れてくれていると感じている。その時は自分に限界はなく、なんでもが可能と思える。しかし成長していくにしたがい、親からは「あなたは障害があるから、ふつうの人のように結婚はできない」とか、教師からは「ふつうの就職はできないから、特別な能力を磨きなさい」と言われ、障害がマイナスのものだという意識を持たされていく。町に出れば、駅に階段があり、バスには車椅子では乗れないことを知る。大学に進学したい、結婚もしたいと言いだすと家族が困った顔をするのがわかるため、しだいに、自分の夢や希望を語らなくなる傾向がある。[*14]

無名には「ふつう」が何なのか、比較する他者がいない。義郎世代と自分たちは、ほぼ違う生物だし、「障がい」者であると言われることもない。「自分を可哀想だと思う気持ちを知らない」で生活しているのだ。

義郎の介護生活は、どうやったら無名が少しでも長く生きられるかを追求する日々だ。服を着るにも時間がかかる無名のために義郎は服も手作りする。着脱に便利なチャックもボタンもない特製ズボンも作った。無名はオーバーオールを欲しがったが、一人でトイレに行く時、あまりにも不便なため、その代わりにと工夫を凝らしたものだ。オーバーオールは水道管工事のおじさんが着ていた作業服、おばあちゃんの天南が沖縄で作業員として働くときの作業服、「役にたつ」健康な肉体の象徴である。オーウェル『一九八四年』の中では、オーバーオールが模範的労働者の制服だ。

無名は「一度も本物の野原で遊んだこと」がなく「椅子にすわるのが不得意で、畳の上にすわって、漆塗りに鳴門模様の箱膳で食事」をしている。歩くときは、「膝のところから内側に曲がってしまう鳥のような脚を一歩ごとに外側にひらくようにして前進する」。すぐ疲れてしまうので付き添う義郎は自転車の荷台に乗せて学校に送ってやる。避難先の家でも学校でも畳生活だ。

無名と義郎の生活の中心は「食」であるといってもいい。食べるのも食べさせるのも必死である。介護において、食は延々と毎日繰り返さなくてはならない営みである。無名は歯がもろく、パンは液体に浸さなければ食べられない。カルシウムを摂取する能力も足りず、牛乳を飲めば下痢をしてしまう。義郎は、定価一万円もするオレンジを苦労して手に入れるが、オレンジジュースを「飲む」という行為も無名にとっては楽ではない。トーストは固すぎて「血の味がするね」「レモンは目の前が青くなるくらい酸っぱいね」と言って義郎を悲しませる。義郎が良かれと思ってしたことは当てが外れ、失敗したと思ったこともそうでなかったりする。めげずに何でも試してみたいが、曾孫世代の介護は未知数だ。加えて貧困化した東京では物資が不足している。流行の東京野菜「蓼《たで》」を食事に取り入れ、あまりにまずかったので無名に謝ると「まずいとか、美味しいとかあんまり気にしないんだ、僕たち」と言われ、かつてグルメを自慢していた自分に恥じ入った。

「献灯使」の社会では、無名や他の子どもたちが生活しやすいように、社会の方がシステムを変化させている。教室は畳でできていて、トイレ掃除は地域のエリート「老人」たちの持ち回りだ。動けなくなったら「若いおばあちゃん」たちが助けに来てくれる、そんな社会になっている。障がいのある子どもが身体機能回復のためのリハビリを行うことなどない社会だ。

現在の障がい者介護には、必ず、機能回復を目指し「自立」するためのリハビリがある。リハビリには、二種類ある。一つ目は社会通念上こうあるべきという健常者が設定した理想に向かって身体を回復させていくリハビリであり、二つ目は生活の質を向上させるためのリハビリである。現行の介護事業で重視される「自立支援介護」は、一つ目の健常者の世界に合わせる方が重視される。コスト重視のため、サービスを利用する人がリハビリで元気になって、サービスが不要になることを目指しているのだ。しかし、これは「介護保険法」の元々の理念とは異なっている。「介護保険法が言っている「自立」は、介助が必要であれば、自ら選択・利用しながら、残された能力を発揮して、自分の意思にもとづいた、その人らしい生活を送ること」なのである。[*15]

現在でも多くの障がい者を苦しめるリハビリは、無名には無縁だ。無名の身体機能は回復しない。リハビリを命令する専門家もいない。元より、どこへ「回復」するのか、もはや「健常者」という標準的な目標はなくなってしまった。自立生活センターさっぽろ理事長の佐藤きみよは次のように言う。

子どものころ、入退院を繰り返して治療とリハビリに明け暮れていました。曲がらない足を曲げ、曲がらない手を曲げるために。大人たちは「自立するため」「あなたの幸せのため」と私を励ましました。（中略）一番つらかったのは、少しずつ呼吸器を外す訓練です。「外せたら自立できる」と説得され、懸命に取り組みました。

1日5分、10分…。消耗し、35キロだった体重が10キロ以上も落ちました。

振り返れば、障害はなくさなければならず、健常者に近づくことが自立であるという、健常者中心の価値観の押しつけだったと思います。[*16]

無名の世界には理想の健常者は存在しない。子どもたちの誰もが弱く、長く生きられない、それが常態となった世界である。無名の小学校の担任夜那谷は、授業で子どもたちにこう話す。

迷惑は死語だ。よく覚えておいてほしい。昔、文明が充分に発達していなかった時代には、役にたつ人間と役にたたない人間という区別があった。君たちはそういう考え方を引き継いではいけないよ。

自立しなければ社会や家族に迷惑をかけるからと、いつも障がい者や被介護者を襲う強迫観念は、この「献灯使」の世界には存在しない。

四　〈献灯使〉というエンパワーメント

物語の後半で、無名は夜那谷から〈献灯使〉になるよう誘われる。〈献灯使〉として旅立つことのできる子どもは少ない。「頭の回転が速くても、それを自分のためだけに使おうとする子は失格」「他の子の痛みを自分の肌に感じることのできる子でも、すぐに感傷的になる子は失格」という厳しい条件がある。無名はこの条件を満たした数少ない子どもだ。〈献灯使〉になるには乗車券をもって「国際旅客民なる」という看板のかかった横浜港波止場まで行けばいい。「献灯使の会」の本部は四国にある。半分秘密結社のような会なので、メンバーは明らかではないが、メンバーは皆、日の出前に起きて、直径五センチ高さ一〇センチの蠟燭に火をつけてから仕事を始める。その「暗闇に分け入る」儀式が〈献灯使〉の印でもある。鞠華、パン屋、包丁屋、夜那谷がメンバーらしい。

「献灯使の会」は、ふさわしい人材を探し出して海外に送り出したいと考えている。そうすれば日本の子供の健康状態をきちんと研究することができるし、海外でも似たような現象が始まっている場合には参考になる。

献灯とは、「社寺・神仏に灯明を奉納すること。また、その灯明」(『広辞苑』第六版、岩波書店、二〇〇八)をさす。葬儀用語では、死者への告別を示し、葬儀前に蠟燭などに火を灯すことも献灯といい、不浄の物を払う力があるとされる。

「日本列島は大昔は、大陸にくっついた半島だったのがある時、突き放されて列島になった。つい最近まではそれでももっと大陸に近かったのが、前回の大地震で海底に深い割れ目ができて、ぐっと大陸から引き離されてしまった。」

（中略）

「どうして大陸から突き放されたんですか？」

（中略）

「日本はわるいことをして大陸から嫌われたんだって、曾おばあちゃんが言ってた」

「日本がこうなってしまったのは、地震や津波のせいじゃない。自然災害だけなら、もうとっくに乗り越えているはずだからね」


「献灯使」の日本は、二度の大地震によって他国への道は閉ざされ、子どもはみな障がい者になってしまうというディストピア・欠陥社会である。しかし、健康なものだけ、役にたつ「優れたもの」にのみ価値があるとする優生思想はなくなっている。社会に「役にたつ」人間だけが大切だとする近代的な理想や標準がなくなり、新しい価値が生まれてきた社会なのだ。


自分の死んだ後、無名が生きていかなければならない時間を想像してみようとすると、いつも壁に突き当たる。自分の死んだ後の時間なんて存在しない。死ねない身体を授かった自分たち老人は、曾孫たちの死を見送るという恐ろしい課題を負わされている。

もしかしたら無名たちは新しい文明を築いて残していってくれるかもしれない。無名には生まれた時から不思議な知恵が備わっているように見える。これまで見てきた子供たちには全くなかった新種の知恵だ。

これまでの大人が、苦しい、つらい、かわいそう、と思ってきたことを、そうは受け止めない子どもたちが育つ場所は、単なる「この世のすべての罪悪や不幸が存在する」欠陥社会・ディストピアではない。無名の体は、ただ弱いだけではない。義郎の世代にはない新しい身体の自由がある。うれしいことがあると「極楽！」といって上に高くジャンプしたり、畳の上では自由に動き回れる。何より「見えないところに毎日筋肉を蓄えていく」のだ。「これみよがしの筋肉ではなく、無名にしかできないやり方で歩くのに必要な力が網のように身体の奥に張り巡らされていく」のである。椅子に座れなくても、あたかも蛸のように強くしなやかに移動することもできるのだ。

この蛸化というのは、以前、とある舞踏家から聞いた話から思いついたんです。かつて日本にバレエが入ってきたときに、すばやく動き、高く跳ぶことのできる身体が進化した美しい身体だ、我々もそういう方向に向かわなくてはいけない、という考え方が出てきた。それもひとつの意見かもしれないけれど、西洋バレエとは全く異なる身体の動かし方も踊りの中で探っていくべきだとその人は言うんですね。[*17]

「蛸化」は、近代の延々と続いた美のイメージを覆すものに違いない。二本足で歩くのではなく蛸のような動きをする無名を見て「みんなが蛸のように地を這い始めた時、無名はオリンピックに出場するかもしれない」と義郎は思う。野崎歓は、無名の身体の変化について以下のように指摘している。

朝起きて服を着ることがすでに、無名にとっては大変な格闘の一幕となる。寝間着を脱ごうとしてなかなか脱げず、通学用ズボンをはこうとしてまた難儀する。それは彼が「蛸」だからなのであり、着替えの際には余計な足がじゃまをしにかかるのだ。そのひと苦労を蛸のダンスとして活写する文章自体が、軟体動物的な弾みかただ。[*18]

さらに野崎は「その動きは、従来の社会を縛ってきた価値観の枠外へとすべり出ていく精神のあり方と結びついている」と述べ、進歩や退化を逸脱した「まだ到着していない時代の美しさ」が感じられるとしている。

物語の終盤で場面は突然、七年後の世界に転換する。学校の授業中に気を失った無名の意識が時を飛び越えてしまったのか。その間の記憶も無名にはある。〈献灯使〉となる決意をした無名は、義郎のことを思い迷う。七年経って二人の関係はより親密になっていた。無名は一二歳の時、髪の色が抜け、義郎と同じ銀色となってしまった。白髪の無名を見て涙を流す義郎を見て、無名は「曾おじいちゃん、僕たち二人で銀色同盟を結ぼう」と、これから五〇年また元気に暮らそうと励ます。一方で、義郎は自分と無名は遺伝子がつながっていないかもしれないと考えていた。多和田は無名と義郎の繋がりについて以下のように述べる。

必ずしも、家族だからとか、血縁関係にあるからとか、そういうことではなくて、これからの世代に対する思いみたいなものが義郎の中にあるんですね。

これは決して生まれた時から備わっていた感情ではなくて、原発事故のような大きな問題に直面したために生まれてきた、あるいは活性化されたのかもしれません。[*19]

義郎は一一五歳になっても元気に休みなく働く。「なぜ休みなく働くのかと言えば、何もしないでいると涙がとまらないからだ」。一五歳の無名は車いすで移動し、声も腕時計から出す生活となった。もうすぐ自力での呼吸も難しくなりそうだ。しかし、無名には「不安はない。無名の世代には、悲観しないという能力が備わっていた」のである。なぜなら、たとえ車いすで転んでも絶対にだれかが助けに来てくれる社会となっていたからだ。

「後頭部から手袋をはめて伸びてきた闇に脳味噌をごっそりつかまれ、無名は真っ暗な海峡の深みに落ちていった」とこの物語は締めくくられている。この最後の瞬間、無名は「種」の垣根すら越え、別の生き物になったかのようだ。彼は海峡に飲み込まれたのではなく、転生し自分の方法で旅立ったのではないだろうか。車いすという平行移動の手段はもう無名にはふさわしくない。海を渡る〈献灯使〉になるのだから。かつて、ただ弱く守られ死にゆくだけの存在だった無名は、新しい身体を得て車いす生活から自らの身体を解放し、介護を受けるだけの子ども時代を卒業していく。

おわりに

本章では、「献灯使」は、大災厄後のディストピア社会において、障がいというカテゴリーがなくなり、新しい価値が生まれる物語であることを論じた。二度の大地震と事故は、日本を大陸から遠ざけ、人間や社会を破壊し汚染した。「老人」が死ねず全ての子どもが障がいを持つ社会となってしまった。しかし「献灯使」で描かれた社会は、新しいケア、価値観の生まれた社会である。子どもたちに障がいがあっても気にせず生きていけるように工夫をこらしたシステムができていた。障がいは子どもたちにとって不自由なことだが、社会が変われば不自由はなくなる。

〈献灯使〉は、鎖国を破るだけでなく、弱った子ども自身が自分の身体の記憶を、汚染の証拠として、国境を越えて次世代につなぐ祈りのような行為である。移動手段を失った時代には、遠く離れてしまった大陸へ行くことは大冒険だ。選ばれたことで子どもたちがエンパワーされ、自身の変化した肉体を上手に操って国境を越えていく。そうして守られるだけの子ども時代が終わることも論じた。

震災後文学の重たい課題、社会や人間の破壊を、多和田は近作『地球にちりばめられて』でも引き続き取り上げている。この作品は「不死の島」で日本に帰る方法を失った日本人のその後の物語であり、震災と原発事故後の世界を、外側から更に語る物語である。日本は鎖国して世界から見えなくなった。帰る場所を失った人の言葉はだんだん失われ、誰も知らない言葉となってしまう。その言葉の持ち主である女性が同じ言葉を求めて彷徨《さまよ》いながら、失われた日本語が新しい不思議な言語へと変容していく姿を描く作品である。多和田はここでも、本作と同様に変容と希望を語る。不幸な破壊の後も、人はケアを受け、再生に向かう。希望は、人間が生きている限り必ず語られなければならない。

＊作品本文の引用は以下に拠る。
多和田葉子『献灯使』（講談社、二〇一四）

1――一九四九年出版のイギリスの作品。『一九八四年 新訳版』（高橋和久訳、ハヤカワepi文庫、二〇〇九）。
2――佐々木敦「震災後の不吉な未来を予言」（『朝日新聞』二〇一四・一二・一四）。
3――沼野充義「文芸時評」（『東京新聞 TOKYO Web』二〇一四・七・二九）。
4――野崎歓「ディストピアを悦ばしく生きる」（『群像』講談社、二〇一四・一二）。
5――吉増剛造・中条省平・長野まゆみ「創作合評」（『群像』講談社、二〇一四・九）。
6――岩川ありさ「変わり身せよ、無名のもの――多和田葉子「献灯使」論」（『すばる』集英社、二〇一八・

四）。

7――木村朗子『震災後文学論――あたらしい日本文学のために』（青土社、二〇一三）。

8――多和田葉子・和合亮一・開沼博「ベルリン、福島――あの日から言葉の灯りをさがして」（『群像』講談社、二〇一七・一〇）。

9――多和田葉子・ロバート・キャンベル「やがて〝希望〟は戻る――旅立つ『献灯使』たち」（『群像』講談社、二〇一五・一）。

10――日本画家堀江栞（一九九二年生）の二〇一〇年の作品「凛然」。表紙絵が作品に先行している。裏表紙と挿絵に使われているのは、同じく堀の「眠りの渦のなかへ」（二〇一二）。

11――多和田葉子『言葉と歩く日記』（岩波新書、二〇一三）。

12――多和田葉子『エクソフォニー』（岩波現代文庫、二〇一二）。

13――本谷有希子「「いつかの日本」痛烈に」（『読売新聞』二〇一四・一・四）。

14――中西正司・上野千鶴子『当事者主権』（岩波新書、二〇〇三）。

15――「介護保険制度の「自立」とは？」（『朝日新聞 be on Saturday』二〇一八・二・一〇）。

16――佐藤きみよ「「自立支援」何のため　介助を使い自分で決める」（『朝日新聞』二〇一八・二・三）。

17――注9に同じ。

18――注4に同じ。

19――注9に同じ。

コラム⑨

ワンオペ育児者は逃げられない

磯村美保子

金原ひとみ『持たざる者』

逃げるか、それとも今まで通りに生活するか、もしまた原発事故が起こったらどうしたらいいだろう。避難指示区域に住んでいたら避難するしかないが、自主避難を迷うような地域に住んでいたらどうだろうか。何もかも捨てて逃げたら「持たざる者」となってしまうかもしれない。しかし、逃げずに放射能に汚染されてしまっても、健康を失い「持たざる者」になってしまう。

『持たざる者』(二〇一五)には、順調な仕事や結婚生活、家庭に恵まれていた修人、千鶴、エリナ、朱里の四人の視点人物が登場する。彼らは、それぞれの日常からある日突然、切り離されてしまう。震災・原発事故・離婚・子どもの死・家の喪失など理由は様々だ。異なる環境で生活する四人が、友人や知人、愛人として、あるいは姉妹として、三・一一以後をどう過ごしたかが描かれている。全員が震災・原発事故から影響を受けたわけではない。共通項は、三・一一を通過したことだけで、境遇も考え方も異なっている。海外在住の千鶴と朱里は事故に無関心なまま生活していた。千鶴は互いの結婚前に修人と関係を持ち、現在も好意を抱いている。放射能汚染に敏感に反応し、イギリスへ自主避難したのは千鶴の妹エリカだった。東京にいた修人は幼い娘の自主避難を巡って妻香奈と対立する。二人は幸せな生活を送っていたが、憎みあう関係となり、ついには離婚してしまう。修人は震災後「何も出てこないんだ」と、デザインの仕事も失う。

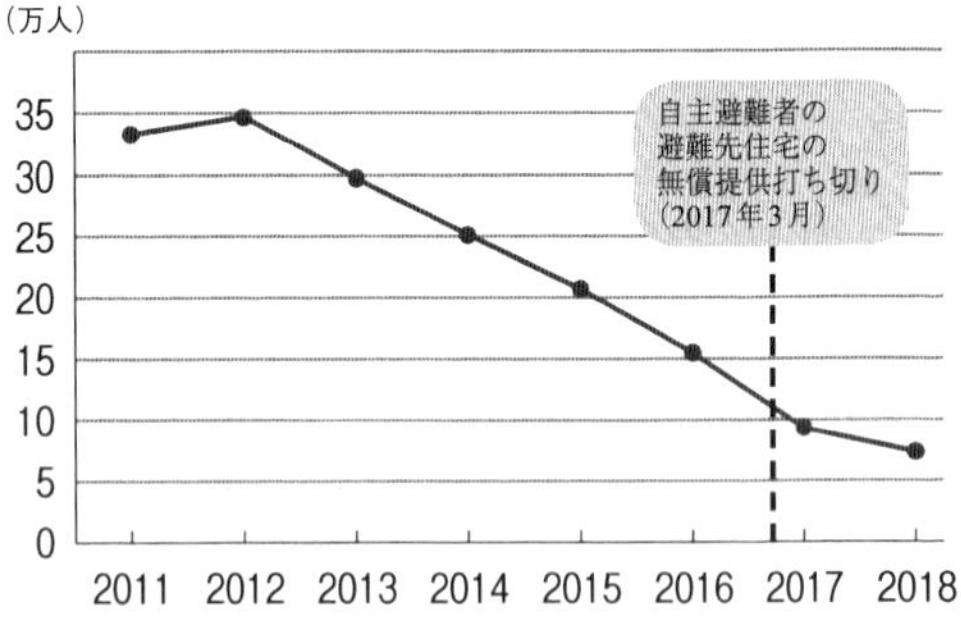

東日本大震災避難者数の推移（復興庁2018年3月）
2011年は12月、2018年は3月、それ以外は6月の値
（http://reconstruction.go.jp/topics/main-cat2/sub-cat2-1/20180330_hinansha_suii.pdf）

この小説の作者、金原ひとみは、震災後、東京から子どもを連れて岡山、パリへと自主避難した。幼い子を抱えた海外移住は困難の連続だった。発表まで二年を要した本作品は、金原自身の体験を色濃く反映している。「震災が起きてすぐ、人は決して一面的でないんだなと実感することが多かった。平素は穏やかな人が攻撃的な側面を見せたり、強気で豪快に見えた人が臆病だったり」（「持たざる者を描く」『すばる』二〇一五・六）と金原は述べている。震災に対する反応は、それぞれの境遇や考え方、情報源によって大きく異なった。金原は三・一一後の同じ時を生きた人々を描く本作を、モノローグではなく四人の視点人物が語る形式とした。修人とエリカは震災によって、生活の変化を余儀なくされた。千鶴も子どもを突然失い、喪失感に苦しむ。

修人が望んだ自主避難、被曝から逃げることは、生きることを放棄しない選択肢の一つだ。一方で日本政府は、自主避難者については、二〇一七年三月には、住宅無償提供を打ち切り、震災避難者統計にも計上しなくなった。自主避難者とは、国が避難指示をしなかった地域から被曝を心配して遠方に避難した人々をさす。多くは母子であり家族の分断も問題となっているが、国は、自主避難は自己責任という立場だ。「本人の責任でしょう。

（不服なら）裁判でも何でもやればいいじゃないか」（今村雅弘復興相〔当時〕）（『朝日新聞』二〇一七・四・五）。多和田葉子は、和合亮一、開沼博との鼎談において、三・一一に対するドイツ社会の反応について以下のように述べている（「ベルリン、福島――あの日から言葉の灯りをさがして」『群像』二〇一七・一〇）。

原発事故について新聞で読んだり、テレビで観たりしたドイツ人の動揺は激しいものがありました。「日本人はどうして逃げないのか」と毎日聞かれました。福島に住んでいる人はもちろんのこと、首都圏も近すぎて危ないので、せめて関西に、あるいはできれば外国にみんな逃げるべきだと言うのです。（中略）逃げるのは裏切りだという発想は全くありません。

自主避難は自分勝手な行動だ、地域を復興すべきだ、避難できない人もいるのに自分だけ行くのか、という同調圧力が避難者を苦しめる。汚染地域の野菜を選ばないことや休みの間だけ保養プログラム（放射能汚染のない地域に一時的に避難し、家族で静養すること）に参加することにも周囲に気遣うのが現状だ。

作中で修人は、妻香奈に自主避難を強く勧めた。最も放射能の影響を受けやすい幼い娘遥の被曝を恐れ、食物や外出にも気を使うよう求めたのだが、妻からは「異常者」扱いされてしまう。修人は東京電力に勤める友人から事故直後に子どもの避難を勧める連絡を受け、原発事故を重大に受け止めた。一方香奈は都庁に勤める父から「原発の事故は国の発表している通りで逃げる必要はない」と聞き、今まで通りの生活をすることに疑問を持っていない。

「ナーバスなんかじゃない！　私は正気だよ！」

香奈は言い切るや否や両手で顔を覆って大声で泣き始めた。僕はもう、何を言ったらいいのか分からなくなって、頭を抱え込んだ。ただただ、安全な場所にいてもらいたい。一号機が爆発して、他の炉もまだまだ爆発しそうだという時に、少しでも原発から離れたいという気持ちは香奈には全くないのだろうか。

修人の言っていることは、本来、正しい。しかし、修人の求めに応じて育児をすべて実行するのは香奈一人だ。香奈は追い詰められたワンオペ育児者だったのだ。香奈は修人を理解できず、激しく憎むようになる。憎しみは自分の基準にあてはまらない他者に対する怒りから生まれる。自分と違った考えや行動への怒りや軽蔑は、香奈だけではなく、修人をも支配した感情であった。

修人は原発事故の危険性を察知し、それが一番の問題だと考えた。育児に疲弊する香奈とは、抱えていた問題が異なり、お互いが理解できない。千鶴は、再会した修人に対して、彼の過ちをこう指摘した。

何か、自分勝手だよね。危ないかもしれないから逃げろって言って、逃げない人を責めて、逃げがしたらもうお終い。能動的なように見えて、修人くんは全然能動的じゃない。自分は何にもしない。ただパソコンの前に座って調べものして指示を出すだけ。誰もそんな人の言う事聞こうなんて思わないよ

生活費を稼ぐ立場であり、正論をはく修人は、香奈に対して「君は自由だ君に決定権がある、そう言いながら、自由も決定権も奪って」いたのだ。修人は、すぐに避難できなかったことの責任を結果的に香奈に押し付けた。「あなたはいつも私の感情を計算外にしているから話が嚙み合わない、私がロボットならいくらでも避難した、でも私はロボットじゃない、感情がある、だから出来ない事は星の数ほどある」と香奈は訴える。

三・一一後のように突然、自分ではどうすることもできない状況に直面した時、「決断する責任」が重くのしかかってくる。もし、修人が香奈と娘と三人で東京の生活を捨てて避難していたら、彼は「持たざる者」にはなっていなかったのではないだろうか。

コラム⑩

家族介護をどう描くか

水村美苗『母の遺産――新聞小説』

山口比砂

単行本が文庫化された時、その中身が同じでないこともあると知ったら、驚くだろうか。作家は、自分の小説を書き換える権利を持つ。一度、世に出した小説が、発行形態を変える節目は、作家にとって、密かにテクストを改変するチャンスである。その改変の軌跡を辿ることで、小説の新しい側面が見えてくることがある。ここでは、家族介護を描いた水村美苗『母の遺産――新聞小説』の複数のテクストを比較してみよう。

『母の遺産――新聞小説』には、新聞連載の初出、単行本、文庫本のテクストがあるが、これらは同一ではなく、多くの箇所で大胆な加筆修正がなされている。水村自身も英訳に加わった翻訳本を加えれば、現在、活字化されているこの小説には、四種類のテクストが存在することとなる。これらのテクストの異同において最も注目すべきは、結末部分の改変である。

この小説の成立に関しては、特殊な事情があるので、まず、この点について確認しておきたい。この小説は、「新聞小説 母の遺産」というタイトルで、二〇一〇年一月一六日から二〇一一年四月二日まで、毎週末の『読売新聞』に連載された。物語の結末が迫る三月一一日に、東日本大震災は起こった。震災以前に最終回までの原稿を完成させていた水村は、新たに震災の事実を組み込んで原稿を書き直すかどうか「ずいぶん迷った」という（「母の遺産と日本の遺産」『voice』二〇一二・六）。水村は、それまで「職業作家であるのを意識し、読者にどうしたら共感してもらえるか」を考えて、この物語に同時代の現実を意識的に書き込んできた。その姿勢を結末まで貫くならば、ここで震災という時代の大きな波を無視して、幕引きすることはできない。水村は、「これが新聞小説であったという歴史的事実を残す」という選択をする。かくして、四月二日に掲載された最終回には、震災の事実が、「現実的な闇は、非現実的な暗さだった」という言葉を添えて書き加えられた。

震災の記憶の色濃く残る一年後、単行本『母の遺産——新聞小説』（中央公論新社、二〇一二・三）が出版された。この結末には、初出時とは異なる震災後の時代の様相が書き加えられる。注目すべきは、震災の記述に添えられた「日本の多くの人が、ひさびさに、日本のことを思う毎日であった」という一文である。単行本『母の遺産——新聞小説』は、「がんばろう 日本」や「絆」などの標語の下、互いの繋がりを確認し合う震災後の現実を取り込み、初出同様、社会に対して扉を開く「新聞小説」となっている。

ところが、その三年後に出版された文庫本『母の遺産——新聞小説』（中公文庫、二〇一五・三）では、結末部分における震災に関わる記述は、すべて削除されてしまう。『母の遺産——新聞小説』は、家族介護をテーマとした物語ではあるが、介護を社会問題として扱う要素は強く提示されていない。例えば、尊厳死をめぐる延命処置について論じる箇所はあるが（初出・第二八回、単行本・三〇章）、それが日本における終末期医療の課題として物語の中で持続することはない。震災を書き込むことで生じた社会問題との接点も、物語において必要不可欠な要素ではない。『母の遺産——新聞小説』は、親子や夫婦の関係に閉じた物語である。この物語の読みの方向性を変質させる力を持つ震災という要素を削除することによって、物語世界はより安定したものとなった。

閉じた人間関係に主軸を置くこの小説の中で、

とくに丁寧に描かれているのは、孤立した娘・美津紀が、しだいに追い詰められ、「母に早く死んでほしい」と願いつつ、介護を続ける過程である。六三回に分けて新聞連載された初出は、その後、三回分が書き足されて、単行本で六六章の構成となり、以後、この構成は崩されていない。単行本で大幅に加筆されているのは、二二章〜二四章である。ここでは、他の男に恋をして父を捨てた母の「狂い」に振り回され、父の介護を一人で抱え込んだ美津紀が、初めて母の死を願うようになるエピソードが詳細に書き込まれている。この加筆は、わがままな母に対して抱く憎しみの源泉を解き明かす場面として効果的である。そして、追い詰められた美津紀は、母との関係性だけでなく、姉や夫との関係性までも、その出発点まで遡って根源を探り、今まで封印し続けてきた思いを一気に表面化させる。困難な家族介護は、それまでの家族の長い歴史を振り返り、再認識する場となり、それゆえに複雑な思いが渦巻く一筋縄ではいかない状況を生み出す。『母の遺産——新聞小説』はその実態を赤裸々に語っている。

文庫本『母の遺産——新聞小説』の結末は、震災のような圧倒的な非日常を経なければ実感できない幸福ではなく、「桜の咲いた日」のささやかな日常の中でも幸福への門が開くことを示している。母の介護から解放され、新しい人生を歩み始める美津紀には、何にもとらわれない自由がある。しかし、一方で、この日に感じた幸福のすぐ近くには、自らの老いという現実の闇が口をあけている。最後に置かれた「母が二度と見ることはない桜の花は、いずれ美津紀も二度と見ることができなくなる桜の花であった」という一文は、この先、母の生き方と重なっていく美津紀の未来を暗示している。

『金色夜叉』によって別の人生への欲望を植え付けられた祖母の生き方は、その娘である母、その娘である美津紀にも受け継がれていく。『ボヴァリー夫人』を傍らに置く美津紀の離婚は、自由に生きる「贅沢」を夢想してのことであり、その精神こそが母から引き継がれた「遺産」であり、その夢想を可能にしたのは、母が残した多額の「遺産」であるという二重の意味合いを持つ。しかし、その生き方を続けられない老いという現実を、美津紀もこれから抱えていかねばならない。老いた母を介護することで自覚させられた自らの老いは、夫の浮気相手が若い女であったことによって、より強烈に美津紀を襲う。孤独で壮絶な介護体験の述懐は、美津紀にとって、自らの過去を問い直し、これからの生き方を再構築するための行為である。

INHERITANCE from MOTHER: a novel
（New York: Other Press 2017）

『母の遺産——新聞小説』の結末で、幸せを感じた美津紀の気持ちが、夫や母に対する「許し」という感情に流れてしまう展開は、美津紀に幸せを与えた桜を代表とする日本の情緒的風景とも見事に融合している。しかし、この「許し」をめぐる描写は、水村自身も加わって英訳出版された*INHERITANCE from MOTHER: a novel*（New York: Other Press, 2017）において、全面的に削除される。この結末の大幅な改変により、この小説は英語圏の読者に好まれる「女性の解放物語」の文脈で読まれることとなる。*INHERITANCE from MOTHER: a novel* の美津紀は、『母の遺産——新聞小説』の美津紀とは異なる人生を生きることを求められる。『母の遺産——新聞小説』は、その時代、その場所の読者を意識して変容し続ける。まさにサブタイトル「新聞小説」にふさわしい小説といえよう。

第7章

新しい幸福を発見する

鹿島田真希『冥土めぐり』

飯田祐子

鹿島田真希（かしまだ・まき／一九七六〜）
東京都出身。一九九九年、白百女子大学在学中に執筆した『二匹』で第三五回文藝賞を受賞。二〇〇五年『六〇〇〇度の愛』で三島由紀夫賞、二〇〇七年『ピカルディーの三度』で野間文芸新人賞、二〇〇九年『ゼロの王国』で絲山賞、二〇一二年『冥土めぐり』で芥川賞を受賞。その後も、二〇一四年『少女のための秘密の聖書』、二〇一六年『少女聖女』など、抽象度の高い物語世界の創出によって、既存の力学を攪乱する作品を発表し続けている。

はじめに

鹿島田真希『冥土めぐり』は二〇一二年二月の『文藝』に発表され、芥川賞を受賞、同年七月に単行本化された（『冥土めぐり』河出書房新社、二〇一二）。主人公は奈津子という主婦である。物語は奈津子が、夫と旅に出るところから始まる。かつて家族で訪ねたことのある高級リゾートホテルが、格安で泊まれることになっているのに気付いて、小さな一泊旅行に出ることにしたのだった。奈津子には母と弟がいるが、二人とも歪んだ選民意識を持ち、奈津子を経済的にも精神的にも縛る存在となっている。夫の太一はかつては公務員として働いていたが現在は無職、というのも、結婚後に脳の病気を患い、杖や車椅子を必要とする障がい者となったからである。奈津子は、母と弟との関係では彼らの傲慢な欲望に曝され、太一との関係では介護者として「自己犠牲」的に生きてきたが、この小旅行で過去と静かに縁を切り、太一に特異な聖性を発見する。その発見は、奈津子を縛る糸を解いていく。本章では、奈津子の変化を描いた『冥土めぐり』を、ケアをする者の側から障がい者との関係を描き、その中に生きていくための光を見出した作品として読んでみたい。

発表直後の批評に、「これは一種の家族小説で、奈津子と太一の夫婦が主人公になっていますけれども、一番重要な題材は、奈津子の母親と弟との関係です」という中条省平の指摘がある。[*1] この小説には、母や弟との関係と、太一との関係という二つの物語の系があるのだが、芥川賞受賞時には、主として後者の、太一の造形や太一によって奈津子が救われるという展開に注目が集まった。[*2] たとえば、高樹のぶ子は次のようにいう。

夫は言語の能力に劣り、「理不尽」や「矛盾」という抽象的な言葉は理解出来ないが、ささやかな喜びを無限の幸福に繋げていける無垢な男として描かれる。車椅子が来たら外国にもどこにでも行けると無邪気に話す。自分が置かれている状況を認識出来ない夫は、しかし聖愚者として救済者となる。作者のもっとも伝えたい「奇蹟」を、不器用なまでに真っ正面から書いている。

他の選者も「夫の発作こそが、彼女の記憶を標本化するために必要な薬剤となった」（小川洋子）、「主人公奈津子の夫であり脳の病を発症している太一の、なんだかよくわからない性格や行動が、たいそう魅力的」（川上弘美）、「身体障害を抱えた夫の無垢な善人ぶりに救われたヒロインは新たな旅に出る準備を整えた」（島田雅彦）というように太一に関心を集中させている。太一の障がいを包み込んでいるのは「聖なる愚者」という言葉である。鹿島田自身も、「太一のような存在、「聖なる愚者」の存在からエネルギーを貫って生に向かっていく」「奈津子が復活する物語」と説明している。[*3] 聖愚者とは、鹿島田の表現で言えば「キリスト教の修行のために人から軽蔑されるような振る舞いをしたり、乞食のようなことをしたりする人たち」のことである。[*4] 鹿島田は、第一作品『二匹』（一九九九）の純一や『ゼロの王国』（二〇〇九）の吉田青年など、「聖なる愚か者」を繰り返し書いており、本作でも「聖なる愚か者が実際にいるとしたらどんな感じだろうと具体的に考え」[*5]て、太一を書いたという。また身近な存在として、夫が障がいを持つ宗教者であるということについても、言及している。笙野頼子は太一を「生き仏のような方」と述べ、[*6] 内藤千珠子も「世の中のあらゆる規範的な価値とは全く異なる位相に、夫の太一が設定されている」と指摘している。[*7] 太一は鹿島田作品に特徴的な「聖愚者」の系譜にある登場人物として注目を集めてきた。

さて、太一の重要性をまずは受け止めたうえで、今一度確認したいのは、この小説には二つの系の問題があるということである。奈津子の物語は、太一との関係だけでなく、母と弟という実家の家族との関係によっても構成されている。泉谷瞬は「主人公を軸とした二つの家族像」を見据え、母の造形の平板さや、太一が不在の父の場に配置される余地があるという点に限界を見出しながらも、「家族の内部において「女性」と「障害者」が被る抑圧と、そこから生じる「母殺し」の要請を共役的に抽出した点」[*8]にこの作品の意義を見出している。泉谷は主に母娘の関係の描かれ方に注目しているが、本章では、障がい者との関係に重心を置きつつ、二つの物語を読んでみたい。

一　二つの物語

太一の聖愚者としての側面はこの小説にとって間違いなく重要なのだが、物語の中で変化するのは奈津子だけである。鹿島田が用意したのは、奈津子が抱えた二つの「不幸」の物語[*9]である。

第一の「不幸」の物語は、母や弟との関係として描かれている。奈津子は結婚以前の家族との関係を「あんな生活」と名付けている。母と弟との物語は基本的には「過去」に属しているが、現在まで継続し、現在を浸食している。「不幸」への過程は「最初に裕福だった祖父が死んだ。次に、父親が謎の脳の病で死んだ。その辺りからだ、最初に疲労が家族を襲い、やがてそれが貧困になり、最後には家族の心の成長が止まったのは」と説明されている。一つ目の「不幸」の原因となるのは「貧困」である。ただし、それは生活の困窮というシンプルな「貧困」ではない。「彼らは彼らの世界で、彼らの世界の価値観で、自分たちを特別であると結論づけ」ているという母と弟の選民意識が招いたものだ。二人は、すさまじく貪欲で満たされるということがない。

例を一つあげよう。「遺族年金ぐらしの母親と、大学を卒業して就職したものの長続きせずふらふらしている弟と、パート働きの奈津子」という状況でありながら、母と弟は奈津子も連れて高級レストランに行き、あれこれと料理について批評する。奈津子は考える。

高級な店の悪口を言うことで、自分たちはもっと高級な店を知っている、そのことを誇示したかったのだ。誰に誇示するというのだろう？　それは自分たちだった。自分たちは一流の人間で、一流の店を知っている。そう自分たちに言い聞かせる。自分で自分をだます詐欺師だった。

母は裕福だった過去の記憶を持ち、自らの人生を破壊するほど「一流」や「特別」であることに執着している。弟もまた母親と相似形の欲望を持つ。借金を重ねて母親がマンションを手放すという事態を招き、金さえあれば「俺はいつだってすごい人間になれる」という思い込みから一歩も出ず、無職でアルコール依存に陥っている。奈津子が得た収入は、母と弟の欲望に費やされてきた。とくに悲惨なエピソードとして語られているのは、奈津子が受けたセクハラをめぐる一連の出来事である。それは、母たちにとっては、金を得る契機としてしか捉えられない。訴えろという母に、精神的に苦痛だから嫌だと告げた奈津子は、「呆れた。どうしてあなたは私のためになにもしてくれないの？　私はただお金がほしいだけなのに」と殴打される。訴訟は進められ、手に入った金は、母と弟のものになる。経済的な余裕のない生活ゆえに、彼等の欲望は落ち着きどころを失い凶暴化している。奈津子自身は、母や弟に強い違和感を抱いているのだが、かといって二人から自由なわけではない。自足という言葉と対極的な肥大し続ける二人の欲望は、奈津子をのみこんできた。

母と弟にとっての「不幸」は「貧困」であるが、奈津子にとって「あんな生活」での経験は「貧困でも、孤独でも、病気でもない、なにものか」である。「理不尽」であっても「ただ耳を塞ぐことだけで、うるさいと抗議すること」の出来ない生活は、奈津子から生きる力を奪うものだった。

奈津子の結婚は、母と弟にとっては、新たな資源を得る契機として期待されていた。ここで奈津子は、小さな抵抗を試みた。というのも、太一は区の職員で、彼らの願望に見合うような資産家ではなかったからだ。奈津子は「母親が言う恋人像とはかけ離れているだろう」太一を、「家族という殻に穴を開けて、風を入れる、そんな存在」として夫とする。とはいえ脱出できると考えていたわけではない。「母親と弟は太一から全てをせしめてしまうだろう。金だけではない。誇りも、全て。太一は全てを失うだろう」というように、結局のところ、太一は「生贄」として選ばれたのだった。

奈津子にとって想定外だったのは、太一の発作、それによる「障害」の発生である。ここに二つ目の「不幸」の物語が発生する。不幸の原因は、経済的な問題ではない。そもそも「どうせ働いても家族に全て奪われてしまうのだから、働けないほうがいい」と思っていたからだ。太一の収入が少ないというだけであれば、奈津子の結婚は家族への小さな抵抗とまたその失敗として、一つ目の物語の一部となっただろう。新たな「不幸」の物語を形作るのは、太一の障がいである。母と弟の

「生贄」になり得なくなった太一の障がいが、新しい物語を発生させた。

初めて太一が発作を起こしたとき、「別の人間が太一の肉体を乗っ取り、「お前はどんな男と一緒になっても幸せになれない。これでわかったか」と言っているように奈津子には見えた」という。さらに続く発作に、奈津子は次のように考えるようになる。

発作は太一に度々訪れ、太一の肉体を奪うなにものかは、奈津子に繰り返し、「お前は幸せになれない」と言うと、奈津子に反論もさせずに去っていった。だが、奈津子はそれにすら慣れてしまった。きっと自分は幸せになるのに値しない人間なのだろう。

小説の始点は太一が最初の発作を起こしてから八年が経過した時点にある。注意しておかなければならないのは、この不幸は、障がいを持つことになった太一自身の問題として描かれているわけではないということだ。太一はすべてを受容する人物として描かれている。不幸は、介護者としての生活を送ることを余儀なくされた奈津子の物語として語られている。

母と弟との関係がつくる過去の「不幸」と、太一との関係がつくる現在の「不幸」、二つの「不幸」が奈津子を縛っている。どちらの関係においても奈津子は他者を支える位置に置かれており、それが「理不尽」な「不幸」の物語を形成している。

二　知る者／知らない者

貧困と障がいを並置し、その中でケアを担う奈津子にとって、「理不尽」とはどのような事態なのか。注目したいのは、知ることをめぐる登場人物間の落差である。強調して語られているのは、奈津子は「知る者」で、他の人物は「知らない者」たちだということだ。

母と弟は、彼ら自身の歪みや醜さに気付いていない。奈津子は、「母親は自分を騙すことができる」という。なぜなら「なにも見えていないから」だ。また、弟についても、彼が漠然と欲している「すごい人間、すごい世界」が「架空」のものにすぎないということを「彼は知らない」という。「見えていない」ことは母や弟の特徴である。奈津子から見れば、彼らは「自分とは無縁の華やかな世界が、もう一度戻ってくる、そんな勘違いした人間」「もうとっくに、希望も未来もないのに、そのことに気づかない人たち」である。

太一についても同様である。母や弟が太一を見下していても、「太一には永遠にその正体はつかめないだろう」といい、障がい者であることについては「身体が不自由とはいえ、不自由なことに遠慮を見せていなければ、同情されるどころか、顰蹙を買うなどという理不尽を、彼はまだ知らない」と語られている。「まだ」とあるが、太一はもともと一切に拘泥しない人物として描かれているので、経験の有無は無関係なはずである。「太一は自分のことをあまりよく知らない。おそらく奈津子にどう思われているのかも。きっと自分が人に愛されるか、尊敬されるか、ちやほやされるか、そういうことに全く興味がないのである。「どうせ太一には（中略）一生わからない」「きっと太一はなにもわかっていない」「太一が察することはない」「なんの疑問も、気遣いもない」という具合に、思考力が根本的に欠落しているのではないかという印象を与えるほどである。一方で、奈津子はそれぞれの状況を洞察し理解していることが示される。知る者である奈津子と、知らない者である太一という構図が組み上げられている。

さて、このように奈津子のみが事態を把握しているように描かれているのだが、「不幸」の中心にいるのは、他ならない奈津子である。この物語では、理解が力に繋がらないのである。ここには二つの問題がある。

一つ目は、奈津子は何かを知ったとしても、目をつぶるということである。

> 奈津子はすっかりあきらめていた。なにもかもあきらめていた。そして自分の身に起こる、理不尽や不公平、不幸について、なぜそんな目に自分が遭わなければならないのか、よく考えることもしなかった。なるべく見ないようにして生きた。それは直視しがたいことであり、もし見てしまったら、血すらも流れない、不健全な、致死の傷を負うことになると知っていたからだ。

わかっていることを「見ない」という態度は、自己防御のために選ばれている。「直視できないことについても見てきたように思うが、奈津子には記憶が曖昧でそれをうまく思い出したり、言葉にしたりできない」とも語られており、トラウマ的な構造[*10]がここにはある。あまりに辛い体験があったとき、それを直視することができず、記憶に蓋をしてしまうことがある。そしてそれは、何かのときに突然不安や恐怖として蘇るのである。奈津子にとって「あんな生活」と呼ばれる「自分の過去」は、彼女を深く傷付けるものとなっており、それゆえ何かを見、理解したとしても、奈津子はそれに反応することを避ける。反応しないことで、出来事が自分に刻まれることから逃れようとしてきたからだ。こうした自己防御は、事態の解消にはつながらない。

もう一つの問題は、母と弟の欲望の成り立ちや、その過剰さや無意味さを理解することが、奈津子自身の発想を縛ってしまっているということだ。それが最もわかりやすく示されているのは、太一に対する奈津子の評価である。奈津子は太一を「母親の夢とは程遠い男」と考えて結婚した。それは、母と弟への抵抗であったわけだが、太一が低く評価されることを前提にしたこの発想は、すでに母の枠組みの中でなされている。

太一に向けられた差別的な視線は、発作後、強化されることはあっても消えはしない。弟は「俺たちのためになにもしない男を、どういう理屈で好きになれるっていうんだ」といい、母は「二束三文にもならない旦那」となじる。経済的な生産性や効率性のみを価値とする論理が、障がい者を差別する視線として非常にわかりやすく示されている。

奈津子は、こうした母や弟が持つ障がい者差別の理屈を理解しているだけでなく、内面化もしている。というのも、太一が悪意や差別に応答しないことを、記憶力や理解力の低さとして解釈しているからだ。奈津子は、母や弟の論理の内側にいると言わざるをえない。

奈津子と他の登場人物の間の落差は、奈津子が語り手に近いからという語りの構造の問題に還元できるものではなく、明瞭に強調されている。ここには見る・知るということをめぐる重要な問題提起が含まれている。知は、常に力になるとは限らないのである。出来事がおこる因果関係を一通りの形で把握するだけでは、私たちは悪意や差別の外部に出ることはできない。既存の枠組みが変えられないと感じる時には目をそらし、あるいはそれとは異なる態度で生きる者を無知と見下してしまうことがあるのである。悪意や差別から離れるために、その存在や構造を知ることは必要不可欠だが、十分ではない。そして、自分だけに事態が見えているという認識は奈津子を孤独に陥らせ、「理不尽」だという「不幸」の感覚を発生させるのである。

三　変化をもたらすもの

ここまで「不幸」の描かれ方を整理してきたが、いよいよ奈津子の解放に目を向けよう。それは、二つの変化から引き出されていく。

一つ目は過去をはっきりと過去化することである。奈津子にとって、この小旅行は、過去と向き合うことを意味していた。「小さい頃は、お母さんたちの言う良かった頃に戻れると思ってた。だけどこの落ちぶれたホテルに来たら、もう人は、昔に戻れないって知ると思ったから、今までここには来れなかったの」と奈津子が太一に語るシーンがある。「じゃあなんで来たの？」と問う太一に、奈津子は「わからない」と答える。わからなくとも来てしまったことで、奈津子はついに過去との関係を断《た》っていく。そもそものホテルは、母が子どもの頃に裕福だった祖父に連れられ泊まった特別な場所で、母にとって過去の贅沢の象徴として記憶された空間であった。奈津子が、母に連れられて来た際には、母は「ああ、やっと帰ってきた。ここが私の第二のふるさとなのよ！」と叫んだという。この贅沢の記憶が母の欲望の源となってきた。奈津子は、すっかり様変わりしたホテルの中をめぐりながら、母の自慢気な記憶や、母に連れられて来たときの自分自身の記憶、さらに様々な母と弟の歪んだ欲望の光景を思い出す。蘇る記憶に苦しさを覚えながらも、奈津子は、何もかもがすでに失われているのだということを確かめていく。

過去との切断は静かに記述されている。旅先で美術館に行き、一つ一つの絵をめぐりながら、奈津子はふと気付く。

だが奈津子は、意味のわからない絵は、見るに耐えないのだという心の状態から抜け出したことに気づいた。今は、意味のわからない絵でも見ることができた。奈津子は、ただ、絵を見ていた。

もう、奈津子はなにも連想しなかった。なににも脅えなかった。母親にも弟にももうなにも感じていなかった。

理不尽に目をつぶる毎日から脱けだし、静かに見続けることが可能になるのであった。

二つ目の変化は、より重要である。太一に対する見方の変化である。母や弟の世界を過去のものとして切断するだけでなく、積極的な価値体系の転換が「聖なる愚者」という最も重要な視座が提示されることによってなされる。太一が悪意や差別に反応しない人物であることは、先に確認したように一貫して示されてきたが、その評価が大きく転換するのである。

奈津子は、今までずっと不可解だと思っていたことについて考えてみる。太一は、自分の家族から受けた仕打ちについて、突然見舞われた、脳の病について、どうしてなにも語らないのだろう、と。この一連の理不尽と矛盾について、彼はどう思っているのだろう。だが今、旅の終わりに、奈津子はなんとなくわかる気がする。彼はきっとなにも考えていないのだ。

ここで説明されているのは、忘却や無知とは決定的に異なる、受容と言うべき態度である。太一には「全ては満ち引き」という超越的な感覚がある。その感覚の特異さに奈津子は触れて、自身も現実的な時空間を超える視座を得ていく。

きっと彼にとっては、全ては満ち引きなのだ。

この人は特別な人なんだ。奈津子は太一を見て思った。今まで見ることのなかった、生まれて初めて見た、特別な人間。だけどそれは不思議な特別さだった。奈津子はそんな太一の傍にいても、なんの嫉妬も覚えない。そして一方、特別な人間の妻であるという優越感も覚えない。ただとても大切なものを拾ったことだけはわかる。それは一時のあずかりものであり、時がくればまた返すものなのだ。

「全ては満ち引き」という比喩は、変化の継続性や、人がコントロールすることのできない摂理を説明するものとしてある。そして、「あずかりものであり、時がくれば返すものだ」というように、社会的な婚姻制度とは全く異なる関係性として、太一との関係が捉えられている。「所有」と切り離された感覚であることも重要だろう。「特別な人」は誰のものでもない。こうした視座は、太一が障がい者となったことを、理由なく遭遇した不可逆的な変化を象徴する出来事として、普遍化する。こうして、障がいを否定的に捉える視線から、奈津子は完全に解放されるのである。むしろそれは「奈津子に絡まり、奈津子の魂を奪おうとしていた」「三代にわたって築き上げられた、傲慢と浪費の茨の蔦」が、「ある平凡な男の発作により、一掃された」という「奇妙な、奇跡のような出来事」と意味付け直される。

この二つ目の変化は、一つ目の物語に決定的な変化をもたらす。「奈津子は囁くように、自分の過去のことを哀れな過去、と言ってみた。その言葉には、不思議と癒しがある」。「あんな生活」が「哀れな過去」に書き換えられることによって、奈津子はついに自由になる。

四　「聖なる愚者」をはずして読む

さて、障がいを抱えた太一を「聖なる愚者」に読みかえることで二つの「不幸」から脱出する奈津子の物語を整理してきたが、障がいとケアという問題に特化して考えるのならば、「聖なる愚者」というキーワードに寄りかかるわけにはいかない。というのも、それは社会を超越した存在を意味し、現実の障がいやケアをめぐる社会的構造を変えるものではないからだ。あるがままに受容し超越してしまうのである。また、「聖なる愚者」が「特別な人」である限り、障がい者と健常者の境界をなくしていこうとするノーマライゼーションの思想とも相容れない。現実の障がい者を「聖なる愚者」というカテゴリーで括ることには、そうした問題がある。

しかしながら、それではこの作品から障がいとケアについての示唆を得ることができないのかといえば、そうでもない。「聖なる愚者」という枠組みを外してみれば、それに収まらない問題提起をいろいろと抽出することができる。ここでは五つの観点にまとめてみよう。

第一に目を向けたいのは、障がいを誰もがなり得るものとして描いていることだ。哲学者のカトリーヌ・マラブーは「可塑性」（変化した後、元に戻らない性質）という概念を提示して、人はいつどこで決定的に変化を被るかわからないということについて考察しているが、[11]事故や病や老いやあるいは大きな経験など、私たちは様々な理由で元に戻らない変化を被り得る。太一の障がいも、先天的なものではない。太一の生きる姿勢は「特別」であったとしても、障がいそのものは特別なことではない。すべての人にとって、障がいは自分自身の人生に起こり得る問題として考えるべきことなのである。

第二に、この物語は、障がいのある人との暮らしに幸せの発見を描いた物語として読める。そもそも冒頭近くには次のように書かれている。

奈津子は太一に対して妻らしい気遣いはなにもしない。入退院を繰り返していた頃はいろいろと世話を焼いたが、もう疲れてしまったのだ。今や残酷とさえいえる冷めた目で夫を眺め、太一の後ろを歩き、隣の席に腰を下ろす。夫という人間を見ているというよりも、理不尽という現象そのものを見ているかのように。

奈津子がケアに疲れ切っている様子が描かれているが、「介助者、介護者の言葉は、現状では、封印されている、あるいは自制されている側面がある」という指摘がある。[12]ケアを受ける当事者を否定し傷つけることになりかねないことは、言葉にされにくいからだ。奈津子が自分の気持ちに蓋をするのは、こうした深い疲労によるものと読める。そのように考えれば、太一に対する否定的な評価もまた、母と弟の視線の内面化というより疲労の結果と理解することもできるだろう。こうして介護者の痛みが描き取られているということに加え、ケアについて考える立場からみてより重要なのは、同時にそれが「幸せ」に向かって反転する瞬間を描いているということである。この小説は、障がいを持つ人と暮らすことによってはじめてわかる何かを描こうとしている。具体的に示されたのは「聖なる愚者」というあり方だったわけだが、障がいは受容の姿勢を前景化し、奈津子に変化をもたらす契機になる。それがなければ、奈津子が一つ目の「不幸」から脱することはあり得なかった。障がいが、新しい形の幸せをもたらす物語となっているのである。

第三には、依存の質について考える視点が提示されている。母と弟、そして太一、どちらも奈津子に依存しているが、大きな違いがある。母と弟は、精神的にも経済的にも、また強制的かつ全面的に奈津子に依存している。しかも依存に対する自覚を欠落しており、依存する者とされる者が完全に固定化している。それに対し、太一との関係では、まず第一に精神的な依存ではない。「彼はいつもそうだ。なんでも自分でやる。これからもそうするだろう」というように、障がいは彼の行動を妨げていない。電動車椅子を購入したように、太一は自分に必要なものは自分の力で手に入れている。経済的にも過剰な物欲のない太一は、奈津子の収入がなくとも生活できる。そして最も重要なのは、物語の最後では、太一が奈津子に依存するだけでなく、奈津子も太一に依存していることである。二人の関係は水平的で相互的である。ケアの思想を論じるエヴァ・フェダー・キテイは、「依存関係では情緒と信頼の両方が重要であるがゆえに、依存関係によって形成されるつながりは、私たちの最も重要な経験の一つなのである」という。[13] 依存関係がなければ社会は成り立たないにもかかわらず、「この最も根源的な仕事とその周囲にできる関係性の形態は通常の理論では無視されてきた」。この物語は、依存の質を問うとともに、依存の意義を描き出しているといえる。

第四に挙げたいのは、消費に関する問題である。この点に関しても、母と弟の場合と、太一の場合が対比的に描かれている。否定的に描かれているのは、もちろん前者である。傲慢な欲望が生んだ「貧困」は、承認欲求と深く関わっている。母も弟も、高価なものを食べ身に纏うことによって、「特別」な者として承認されようとする。承認に絡んだ消費には底がない。規範化された消費ということもできるだろう。母や弟の消費欲望は、自分の基準ではなく、他者の基準によって構成されている。自足し得ないのは、そのためである。一方、太一の消費は、非常に個人的で自足的な快楽に直結している。「奈津子は漠然と、太一の人生が充実していることを知っていた」という。「太一は常にせせこましく動き、不自由な体を使ってでも、お菓子や漫画、アダルトDVDを買いに行かずにはいられない」が、太一は満足を知っている。そして、電動車椅子をも同じように手に入れた太一は、奈津子に欲しいものを尋ね、次のように言う。「これからは、僕が買い物にいけるんだよ、なっちゃんが欲しいものも、僕のお小遣いで買ってあげるよ」。奈津子は自分を太一に「与える」存在だと考えてきたのだが、その関係がここで明瞭に反転する。与える者と与えられる者という関係において、障がい者は後者に置かれがちであるが、この物語はそれを覆す。奈津子は自分の欲しいものを「知らなかった」、何が欲しいのか「考えたことがなかった」ことに気付く。そしてはじめて奈津子が口にしたのは「テレビをもっと一緒に見たい」というつつましい望みだ。太一はそれならばと、テレビの番組表を買いにいそいそと出ていく。消費が相互的な依存関係の中に置き直され、奈津子は、母の「貧困」の呪縛からついに逃れ出るのである。

そして最後に、奈津子と太一の関係における親密性について考えておきたい。そもそも異性愛的な欲望は、女が男を搾取するという母の幻想や、奈津子が被害にあうセクハラなど、ろくでもないエピソードで輪郭づけられている。一方、太一はアダルトＤＶＤなどを悪びれることもなく買い集めていて異性愛的欲望を持っているのだが、その欲望は、太一が個人的に楽しむ虚構の中に収められており、二人の関係は、別のものとして示されている。また結婚後に太一は障がい者となったわけなので、二人の関係は選択の意図を超えたものとして描かれていることになり、選択不可能な関係という意味で、子や親との関係へ敷衍することが可能でもある。母や弟との関係と太一との関係が類同的に示されることで、むしろ質の違いが際立つのだということができるだろう。かつて、一流サラリーマンの妻になったことを「あったかいお湯のような幸せ」と呼んだ母とは、全く違う世界に奈津子は至る。奈津子と太一の間にある親密性は、異性愛の枠組みを離れて、望ましい関係性の方向性を示しているのである。

おわりに

『冥土めぐり』は「聖なる愚者」を鍵にして読まれてきたが、本章では、障がい者とケアをする者という問題に焦点を絞り読み直してきた。最後に、あらためて二つの物語が組み合わされているということに戻ろう。母と弟との物語と、太一との物語を並置し、この小説は、家族という私的領域の中におけるケア関係について、「不幸」と「幸せ」というわかりやすい両極を示す。出来事をただ一人で把握するだけで一方的に依存されるとき、それは「理不尽」に曝される不幸として固定化される。母と弟は極端に類型化されているが、他者による承認を求めて欲望を肥大化させてしまうという事態は、決して奇異なものではないだろう。そしてそのとき、障がいの評価は、否定的、差別的な方向に強く引っ張られる。こうした差別を解くには、全く異なる価値観を呼び込むことが必要になる。しかしだからこそ、障がいは、価値観を転換する貴重な契機にもなりうる。障がいを見る視線を変化させることが、私たちの関係の質を変えることになる。私的領域と公的領域の線引きそのものについても見直す必要があるが、この小説はその手前で、家族の物語のなかに、障がいを組み込み、決定的に視線が転換する瞬間を浮かび上がらせるのである。

＊作品本文の引用は以下に拠る。
鹿島田真希『冥土めぐり』（河出書房新社、二〇一二）

1——中条省平・苅部直・青山七恵「創作合評」（『群像』二〇一二・三）。

2――「芥川賞選評」（『文藝春秋』二〇一二・九）。
3――「芥川賞受賞記念対談　鹿島田真希×笙野頼子　三冠対談――幸福も理不尽にやってくる」（『文藝』二〇一二・一〇）。
4――「著者との60分――『冥土めぐり』鹿島田真希」（インタビュー・構成『新刊ニュース』編集部、『新刊ニュース』二〇一二・一〇）。
5――注3に同じ。
6――注3に同じ。
7――内藤千珠子「情熱的な憂鬱――鹿島田真希の全作を読む」（『文藝』二〇一二・一〇）。
8――泉谷瞬「「不幸」な結婚が意味するもの――鹿島田真希「冥土めぐり」論」（『生存学』二〇一五・三）。
9――鹿島田真希「受賞記念エッセイ　公的な不幸と私的な不幸」（『文學界』二〇一二・九）。
10――キャシー・カルース『トラウマ・歴史・物語――持ち主なき出来事』（下河辺美知子訳、みすず書房、二〇〇五）。
11――カトリーヌ・マラブー『わたしたちの脳をどうするか?――ニューロサイエンスとグローバル資本主義』（桑田光平訳、春秋社、二〇〇五）。
12――渡邉琢「介護者の痛み試論」（『現代思想』二〇一七・五）。
13――エヴァ・フェダー・キテイ『愛の労働あるいは依存とケアの正義論』（岡野八代・牟田和恵監訳、白澤社、二〇一〇）。

コラム⑪

障がい者の恋愛と性と「完全無欠な幸福」

田辺聖子「ジョゼと虎と魚たち」

飯田祐子

田辺聖子は、関西弁を駆使したユーモラスな筆致で、「ハイミス」(すでに死語かもしれないが、若くない未婚女性をこう呼んだ)やパワフルな高齢女性や起業する主婦など、時代に先駆けて現れた元気な女性たちを次々と描いてきた作家である。その田辺聖子が一九八四年に障がいを持つ女性を描いた短編小説がある。「ジョゼと虎と魚たち」(『月刊カドカワ』一九八四・六)は、車椅子に乗った女性の恋愛や性を描いた最も早い作品といってよいだろう。

田辺自身、左右の脚の長さが五センチ違うという障がいがあるのだが、「私は、母に「障害があるからこそ、どこ行っても大きい顔してんのよ」と育てられた。「コワレモノの分をわきまえろ」と言われるジョゼとは正反対。自分が経験しなかったことを書きたかった」(「障害者の恋愛描く」『朝日新聞』大阪夕刊、二〇〇三・一二・一二)と語っている。また、担当編集者の「障害者の恋愛やセックスを小説にするなんてとんでもない」という反対に、「障害者のセックスにおたおたする方が差別。彼女が恋をして得る充足感は、きっと、読者から温かい気持ちや生きる力を引き出してくれるはずです」と譲らなかったという(同前)。

描かれているのは、祖母とひっそりと暮らしていた足の悪いジョゼが大学生の恒夫と出会い、二人でいる「幸福」に少しずつ近づいていく物語である。

まずはどんな苦難が描かれているのか、確認し

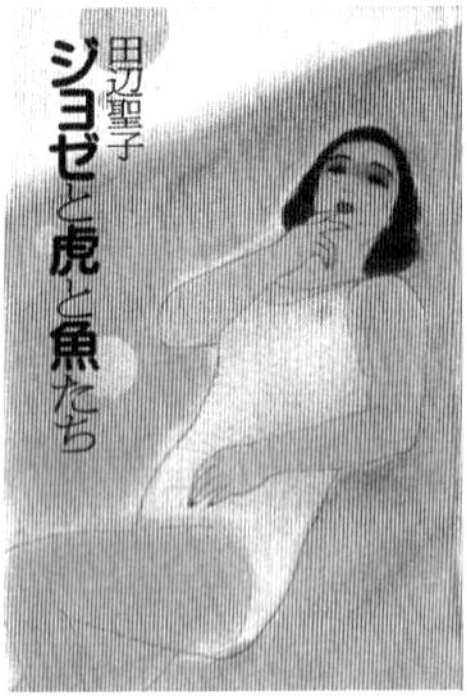

田辺聖子
『ジョゼと虎と魚たち』
（角川書店、1985）

てみよう。出来事が淡々と示され深刻さを感じさせないような語り口なのだが、彼女の母親はジョゼが生まれてまもなく家を出ており、父の再婚相手に「煩わしがられて」、ジョゼは施設に入れられている。学校には「就学免除」で行っていない。父に字は教わったが、本とテレビだけが情報源である。一七の時に父方の祖母に引き取られるが経済的な余裕はなく、生活保護を受けている。そして、やさしい祖母ではあったが、車椅子の彼女を「人に見せるのをいやが」って、夜しか外出させない。ジョゼは、静かで閉じた生活をひっそりと送り、すでに二五歳になっている。さらりと語られたジョゼの過去には障がい者を厄介な者として見る冷たい視線が描き込まれている。ジョゼは社会の外に押し出されて、生きてきたのである。そしてある晩、通りすがりの男に突然坂の下に向かって車椅子を突き飛ばされるという暴力に合ってしまう。その時、坂を転げる車椅子を止めたのが、近くのアパートに住む大学生の恒夫だった。恒夫はその後、ジョゼと祖母の家を訪ねるようになり、ジョゼが生活しやすいように祖母の家の中のあちらこちらに手を入れたり、使いやすい杖をつくったりして、ジョゼのケアをする役割を担うようになる。

物語は、恒夫に近い視点から描かれている。ジョゼはいつも高圧的で、しばしば恒夫を高飛車に叱りつけるのだが、ジョゼの顔立ちは市松人形のようでそうした物言いが似合うと恒夫は思う。大学にいる女の子たちとちがって「性の匂いはなく、旧家の蔵から盗み出してきた古い人形」のようだと感じるのだった。社会からの隔離がつくり出したかもしれない実年齢とずれた様子が、恒夫の目を通して特別な美しさに読みかえられる。「障害者の中には差別闘争意識が強くて、日常でもおのずと人間性に圭角が多くなってゆく、そういう者もいるということだが、ジョゼは恒夫の見るところ、そういう風なのでもなかった」というように、差別への批判から切り離されていることも、肯定的に捉えられる。恒夫はジョゼにとって唯一の外部との接点になると同時に、ジョゼを受け止め理解する存在となっていくのである。

とはいえ、恒夫にはそれなりに楽しい大学生活があり、就活も苦労しつつ通り抜けて社会人になり、しばらくジョゼから遠ざかる。久しぶりに訪ねてみると、祖母は亡くなっていてジョゼは一人でアパートに転居している。ここからが物語の後半である。久しぶりに会ったジョゼは最初「意外と平静で、無表情」なのだが、祖母の家財道具もテレビもラジオもすべて失っていて、月に一度、ボランティアの女性に買物をしてもらうという、より孤独で厳しい生活に陥っている。「めしはちゃんと食うとんのか、痩せてかわいそうに。顔、しなびとるやないか」という恒夫に「あんた、アタイを哀れんでるのか、ゴハンぐらい食べてるデ。心配していらん！」とジョゼは強がる。帰ろうとする恒夫に「なんで帰るのんや！　アタイをこない怒らしたままで！」と高圧的に怒るのだが、涙をためて「二度と来ていらん！」と言う様子に大丈夫かと恒夫がおずおず問うたところで、ついに「帰ったらいやや」と本音が出る。そして、二人は結ばれる。

物語は、ジョゼに恋愛感情と性欲が生まれる瞬間を描く。しようと言ったのはジョゼである。そんなつもりで来たわけじゃないという恒夫に「うるさいなあ。アタイもそんなつもりとちがうかったけど、いま、そういう気になってん」とジョゼ。ジョゼの性は、障がい者の性である。国連の「国際障害者年」が一九八一年、障がい者の「完全参加と平等」を目指す「ノーマライゼーション」の考え方が日本にも広がり、様々な面でのバリアフリーが実践されるようになったが、性の問題が浮上したのは九〇年代である。ジョゼの物語は、そうした流れに先立つものだった。

タイトルにある「虎」と「魚たち」は、ジョゼが見たがった二つのものである。「虎」は、「一ばん怖いものを見たかったんや。好きな男の人が出来たときに。怖うてもすがれるから」。続けて語られた「もし出来へんかったら一生、ほんものの虎は見られへん、それでもしょうない、思うてたんや」という一言には、恋愛への憧れとともに諦めが混じり込んでいる。「魚たち」は九州まで行ってホテルの海底水族館で見た。二人の「新婚旅行」である。その夜、月光の射す部屋で、ジョゼは二人が魚になったように、そして「死んだんやな」と感じる。それから二人は、入籍せず親にも知らせていないが結婚したつもりで、ずっと「共棲み」している。それでいいとジョゼは思っていて、「幸福を考えるとき、それは死と同義語に思える。完全無欠な幸福は、死そのものだった」という。幸福と死の重なりをどのように読むか。底深い諦めのようにも読め、究極的な幸福感のようにも読める。この感覚は恒夫の目を通さずに描かれている。物語は最後に、障がいを生きるジョゼの幸福に辿り着く。

二〇〇三年に映画化されたが(犬童一心監督)、結末が大きく異なり、ジョゼは恒夫と別れ一人で暮らしている。比較すると、田辺聖子は穏やかな依存関係を含んでジョゼの「自立」を描いていたことに気付く。ケアの思想に近いのは、小説の方である。

コラム⑫

心の中はいかに表象されるのか

米村みゆき

自分以外の心の中を、私たちはどのようにして知ることができるのだろうか。

たとえば、まだ言葉を発することができない赤ん坊の心の内側は？　犬や猫などのペットの気持ちは？　怪我や病気で言葉が話せない相手、あるいは理解不可能な言葉を発する相手が抱く思いは？

小説というのは、「内面描写」に長けている媒体だと言われてきた。本来なら知ることのできない他人の心の内側を表現するメディアとして最適だからである。読者は、登場人物の心の動き——私小説なら一人称の「私」の心情を読みすすめ、共感したり驚いたりしながら感情移入してゆく。しかし、本当にそうだろうか。

東田直樹『自閉症の僕が跳びはねる理由』

在宅介護の困難さを社会に広く知らしめた小説・有吉佐和子『恍惚の人』（一九七二）には、認知症を患う高齢者・茂造が登場する。この小説の登場人物の中では、茂造の息子夫婦である信利と昭子の二人に限定して「心の中」が描かれている。信利は、父親・茂造が蟹を貪り食べる姿や奇声をあげて体操をする姿を見ながら「自分は老いても親父のような惨めな姿を晒したくない」と心の内で考える。昭子は嫁の立場から茂造を介護するが、茂造は赤ん坊に戻ったのだと考える。この小説は、茂造のケアをする者の気持ちだけが表現されているため、ケアを受ける者＝「被介護者」である茂造の行動は、二人にとってひたすら不可解なものとして描かれる。

ではなぜ、介護される茂造の心の内側は描かれないのだろうか。その理由は、茂造が認知症をひどく患っていることにある。（現在の医学では、認知症ではなく、せん妄の症状だと捉えられているが）妻の遺骨を齧り、自らの排泄物を障子に塗りたくる茂造の頭の中を想像することは難しいのだろう。小説中では、福祉指導主事が認知症を「精神病の一種」であると説明する。だから、もしこの小説で、茂造のような認知症患者の心の内側が描かれていたなら――読者にとって『恍惚の人』は、リアリティが損なわれた荒唐無稽な小説になってしまうに違いない。

もちろん、認知症についての知見は現在でははるかに進んでいるため、認知症の人は時間や場所や人物についてはわからなくなる見当識障害があっても、感情の反応は保持されていることがわかっている。また認知症の人に寄り添い、その人から見た世界を物語《ストーリー》として理解しようとすれば意思疎通も可能だと言われている。

そして、認知症以外でも、本来なら知ることのできない者たちの心の中を窺い知ろうとする試みは、小説、映像等でもなされている。たとえば、平松恵美子監督の映画『ひまわりと子犬の7日間』（二〇一三）は、保健所職員の神崎が処分予定の犬の気持ちに寄り添うことで犬の殺処分を回避できた話である。この物語は、実際の保健所で起こった出来事をベースにしている。主人公の神崎は凶暴な「野良犬」である母犬が危険ではないこと保証するため、懐柔しようと試みるが噛まれてしまう。だがある日、神崎は母犬に寄り添い、なぜ「野良犬」になったのかその経緯について想像をめぐらす。その結果、母犬は神崎になつくようになった。すなわち、母犬を主体にして、母犬からみた世界を物語として理解する試みによってハッピーエンドがもたらされる話なのである。

アニメーション作品においては、ボブ・サビストンらによる「スナック・アンド・ドリンク」（二〇〇〇）をあげたい。テキサス州の自閉症のティーンエイジャーが地元セブンイレブンに行き、軽食とドリンクをとる短編である。自閉症の少年からは世界がどのようにみえるのかを様々な作家たちがアニメーションにした。これまで表象不可能なものとされてきた「内面」が表象されるケースは、少しずつではあるが増えてきているのだ。

他に例をあげれば、今村夏子『こちらあみ子』（二〇一一）は「少し風変わりな女の子」の視点から描かれる世界である。発達障害を思わせる少女の視点からみたとき、現実の社会はわからないことだらけである。ただし、ここでは表象が不可能とされてきたものを表象しようとする際に生じる危険性も垣間見えるのではないか。なぜなら、この小説は「純粋なあみ子の行動が周囲の人々を否応なしに変えていく過程を少女の無垢な視線で鮮やかに」（ちくま文庫のカバー裏の文章）描いた作品と評されているものの、あみ子に生じている出来事を相対的に見るならば、その現実は、過酷で痛々しいものと思われるからだ。

東田直樹『自閉症の僕が跳びはねる理由』（角川文庫、2016）

このコラムで特筆したいのは「当事者からの声」が実際に文字になっていることである。東田直樹『自閉症の僕が跳びはねる理由』（二〇〇七）である。東田直樹は、会話のできない重度の自閉症を持つ。しかしながら、パソコンおよび文字盤ポインティングにより、コミュニケーションが可能である。いわば、外見からではわかりにくい自閉症者の心の中、どのように物事を受け止めて、考えているかという「内面」を健常者に伝えることに成功した数少ない事例の一つであるのだ。東田が記す彼の「内面」は、多くの人たちにとっては初めて知る「事実」であり、ときには目から鱗が落ちるような気持ちになるのではないだろうか。たとえば、東田はなぜ自閉症の人は靴を履かなかったり、半袖なのかと問われたとき、「そうしなければどうにかなってしまいそうなくらい、その子は苦しいのです」と答える。健常者は気持ちが苦しくなると、人に聞いてもらったり大騒ぎをしたりする。しかし、自閉症の人は、苦しさをまわりにわかってもらうことができない。苦しい心は、自分の身体にためこむしかなく、そのため感覚がおかしくなってしまうような気がするのだと。また自閉症の人が耳をふさぐのは、健常者が気にならない音が気になるためだという。気になる音を聞き続けると、自分の居場所がわからない感覚に襲われ、地面が揺れ周りの景色が自分を襲ってくるような恐怖を持つ――耳をふさぐのは、そんな自分を守るための行動なのだという。髪や爪などが切られるときに大騒ぎする一方で痛そうな怪我をしても平気であるのは、神経の問題ではなく心の痛みであるという。自閉症者の記憶は一列に並んだ数字を拾うようなものではなく、ジクソーパズルのようでひとつでもかみ合わなければ完成せず、他人のピースが入ってくるとその記憶がバラバラに壊れる。したがって、体が痛くなくとも悲しい記憶のせいで自閉症者は泣き叫ぶのだという。

東田の文章を読むとき、『こちらあみ子』で描かれている心の中の描出は、健常者が想像したものではないかとさえ思うことがある。翻れば、表象不可能な「内面」を表現することの難しさが伝わってくるのだろう。東田の発言が自閉症者一般にあてはまるかどうか、今の私たちにはわからない。同時に気づくのは東田も私たちも、東田の「心の中」を知り得ているだけで、ほかの自閉症者の「心の中」はわからないことである。健常者も障がい者もそれぞれ個別の内面を持った存在である。

表象が不可能とされてきたために、ないもの、とされてきた心の中の豊かな世界。いつの日か、私たちはその多くを知ることができるのだろうか。

あとがき

本書を上梓する契機となった研究会は、二〇一九年一月一二日に、一〇〇回目を迎えました。第一回は二〇〇一年一二月。参加者は五人。名古屋近郊に住んで研究をしている大学院生でした。当初は参加者の興味の赴くままにテーマを決めておりましたが、次第にエイジングや介護に関心を持ち、二〇〇八年にこの研究会の前著である『〈介護小説〉の風景――高齢社会と文学』（森話社、増補版・二〇一五年）を刊行いたしました。私たちのまわりでは、高齢社会の話題が様々な場で語られていました。現代の日本において、人は平均すれば数か月から一年未満の寝たきり期間があるといわれ、介護の問題は誰もが直面することになる題材として強い関心を抱いたのです。その一方で、執筆者たちは――世代的な要因が大きかったのですが――介護の当事者でもなければ、介護を継続的に経験したこともありませんでした。それにもかかわらず、その頃の私たちが介護に深い関心を持つに至ったのは、やはり、小説に描かれた介護の風景が強く心に響いたからです。

小説という媒体は、ふだんは決して知ることのできないような登場人物の心の中に入りこみ、その感情を描き出すのに長けた特質を備えています。突如として不可解なふるまいをするようになった親を前に右往左往する主人公や、認知症の家族の代わりに医療方針の意思決定を求められ苦渋する介護者など、読者はさまざまな状況に置かれた登場人物に共感します。介護者のみならず、いずれ自分たちが介護される側になることも含めて、絵空事ではない、自分の人生の延長線上の事柄として想像力を働かせます。まだ介護を経験したことのない人であっても、遠くない日に、実際に身近な人の介護に携わるようになることは高い確率で生じるでしょうし、高齢者介護の終焉――いわば、介護してきた人の死去に向き合うことも避けられません。そのとき、かつて小説で読み、心に深く刻まれた介護の風景は、どのような色彩を読者にもたらすのでしょうか。登場人物たちと同じような困難に直面し、術もなく立ち尽くすこともあるでしょうが、小説によって悲嘆が幾分か緩和されるかもしれません。

前著の出版以降、執筆者の何人かは家族の介護や死を実際に経験することになりました。そのとき、小説はフィクションではあるけれど現実世界と地続きであり、そこに描かれた感情は本物なのだと気づいたのです。かつて小説で読んだ登場人物たちと同じような困難に直面し、心を突き動かされた感情を思い起こし、一人で苦しんでいるわけではないと感じました。つまり小説に教えられ、小説に救われたのです。

本書は、前著を踏まえつつ、介護に焦点化してきた〈ケア〉をさらに広い視野でとらえなおしています。現在、少子高齢社会であることを考えれば、家族以外の人が高齢者介護を担う可能性は小さくありません。また、車椅子を利用する学生を大学キャンパスで見かけることが増えたように、介護の対象や被介護者を取り巻く状況は様変わりしています。本書でとりあげた楊逸「ワンちゃん」や鹿島田真希『冥土めぐり』を読んで想像されるように、国際結婚した女性が介護に関わることや、障がい者を介護するケースも特殊ではなくなるでしょう。少子高齢社会においては、育児についても多様なかたちがあり、さまざまな文脈の中で捉える必要性が増しています。例えば、介護に従事している人が同時進行的に「育児」に携わるダブルケアは近年の課題となっています。職場から帰宅した女性が、家庭でも育児のために〝シフト制〟を強いられていることが多いこと、つまり職場での有償労働のあとで、自宅で家事を行いながら子どもと過ごす時間があたかも第二のシフト勤務のようになっている状況についても、「家事」のジェンダー問題として想像する力を持ってゆければと思います。

自分は興味を持てない、育児は子育て中の人が考えればいい、と思う人もいるでしょう。しかし、自分が関与しない介護や育児には無関心である、とする態度ではなく、すべての人のケアに関心を抱いていただければ、と考えています。無関心でいることは、すなわち、ケアが必要である人に理解を示さないという態度に等しいからです。本書が試みた、小説や映画で描かれた介護と育児の表現の分析を通して、なんらかの成果をもたらすことができればと願うばかりです。

本書は、前著と同じく編集者・西村篤さんにお世話になりました。良い書物をつくろうと誠実な仕事をしてくださっていることに、この場を借りて深く感謝を申し上げます。カバーの装画は、グスタフ・クリムトの「アッター湖畔のヴァイセンバッハの森番の家」です。窓の向こう側では、どのような人たちが、どんな暮らしをしているのだろうかと思いを馳せつつ選びました。

最後に研究会について付記します。研究会の参加者は、就職で遠方に赴任するなど継続的な参加が難しくなった人もいれば、新しく加わる人もいて流動的でした。研究会の会場もときには関西、ときには関東、あるいは学会開催地の近くなど、一定ではありませんでした。この研究会を継続することができたのは、参加者のフットワークの良さが大きな理由なのでしょう。今後もこのフットワークの良さを継続してゆければと思っております。

米村みゆき

作品名索引

育児や介護などケアに関わる文学作品（小説・エッセイ・児童文学等）を中心に、作家名順→作品名順に配列した。映画・ドラマ・アニメ・漫画・映画ノベライズは別に作品名順に配列した。

尹芷汐（いん・しせき）

椙山女学園大学。日本近現代文学、日中比較文学。

『社会派ミステリー・ブーム』（花鳥社、2023年）、『疫病と日本文学』（共著、三弥井書店、2021年）

磯村美保子（いそむら・みほこ）

名古屋YWCA学院日本語学校。金城学院大学（非常勤講師）。日本語教育、比較文化。

「植民地の日本語――抵抗と受容　台湾1895～1945」（『立命館大学言語文化研究』第12巻3号、2000年11月）、「佐藤春夫「魔鳥」と台湾原住民――最周辺化されるものたち」（『金城学院大学論集 人文科学編』第3巻1号、2006年9月）

飯田祐子（いいだ・ゆうこ）

名古屋大学。日本近現代文学、ジェンダー批評。

『彼らの物語――日本近代文学とジェンダー』（名古屋大学出版会、1998年）、『彼女たちの文学――語りにくさと読まれること』（名古屋大学出版会、2016年）

崔正美（さい・まさみ）

名古屋YWCA（非常勤講師）。日本語・多文化教育。

山口比砂（やまぐち・ひさ）

豊田工業高等専門学校。日本近代文学。

「夏目漱石から見た「衆」――明治四十年の雲右衛門人気を軸として」（『日本近代文学』第75集、2006年11月）、「漱石とパスカル――「無限」概念をめぐる考察」（『国文学年次別論文集 近代Ⅱ〔平成19年〕』2010年1月）

［編者］

佐々木亜紀子（ささき・あきこ）

愛知淑徳大学・愛知学院大学ほか。日本近現代文学、国語教育。

『〈介護小説〉の風景——高齢社会と文学［増補版］』（共編著、森話社、2015年）、「小川洋子の描くケアラーたち——〈家族の私事〉を生きる」（『早稲田文学』増刊号、vol.1037、2022年3月）

光石亜由美（みついし・あゆみ）

奈良大学。日本近代文学（自然主義文学、セクシュアリティ研究）。

『自然主義文学とセクシュアリティ——田山花袋と〈性欲〉に感傷する時代』（世織書房、2017年）、「愛は国境を越えるか？——辻仁成・孔枝泳『愛のあとにくるもの』における日韓合同小説の試み」（『奈良大学紀要』第45号、2018年3月）

米村みゆき（よねむら・みゆき）

専修大学。日本近現代文学（宮沢賢治、村上春樹）、アニメーション文化論（宮崎駿、高畑勲）。

『ジブリ・アニメーションの文化学——高畑勲・宮崎駿の表現を探る』（共編著、七月社、2022年）、『映像作家　宮崎駿——〈視覚的文学〉としてのアニメーション映画』（早稲田大学出版部、2023年）

［執筆者］

古川裕佳（ふるかわ・ゆか）

都留文科大学。日本近代文学。

『志賀直哉の〈家庭〉——女中・不良・主婦』（森話社、2011年）、「宇都宮で志賀直哉は降りない、「網走まで」彼女は行かない」（『国文学論考』第55号、2019年3月）

ケアを描《えが》く——育児《いくじ》と介護《かいご》の現代小説《げんだいしょうせつ》

2019年3月31日　初版第1刷発行
2023年9月20日　初版第3刷発行

編　者……………………佐々木亜紀子・光石亜由美・米村みゆき
発行者……………………西村　篤
発行所……………………株式会社七月社
〒182-0015　東京都調布市八雲台2-24-6
電話・FAX　042-455-1385
印刷・製本……………有限会社朋栄ロジスティック

Printed in Japan　ISBN 978-4-909544-05-6　C0095